FERNANDO VIZCAÍNO CASAS

Ecos de suciedad

FERNANDO VIZCAÍNO CASAS

Ecos de suciedad

Edición especial realizada por Editorial Planeta, S.A.

Diseño de cubierta: Enric Jardí
Composición: Fort, S.A.

Primera edición: agosto 2004
ISBN: 84-08-05464-3
Depósito legal: B-31.372-2004
Impreso por Litografía Rosés

Impreso en España - Printed in Spain

ADVERTENCIA, AVISO Y ADMONICIÓN

Los hechos, sucedidos, lances y acontecimientos que se cuentan en esta novela son totalmente imaginarios (con excepción de uno, que me callo) y exclusivo fruto de mi fantasía.

Son asimismo de ficción los personajes de los protagonistas, igual que sus nombres, actitudes y palabras. Si algunos suspicaces pretenden colocarles nombres propios, allá ellos: se pasarán de listos.

En el relato aparecen también personas reales, citadas por sus verdaderos apellidos. Me he permitido incorporarlas así a la fábula para dotarla de un mayor atractivo. Por supuesto, son asimismo imaginarias (salvo una, que no diré) sus conductas, reacciones y expresiones verbales. A todas he procurado tratarlas con el respeto y la dignidad que se merecen.

Pero si alguna se molesta, cuente con mis sinceras disculpas. Y tenga muy presente que jamás hubo en mí la menor intención vejatoria. Como en toda mi obra anterior, al escribir esta novela de ficción tan sólo me he guiado por lo que los juristas llamamos *animus jocandi*: propósito de divertir.

F. V. C.

I

LA CHICA DEL AEROPUERTO

Esta vez tocaba huelga de controladores. Pues sabido es que en el aeropuerto madrileño de Barajas hay establecido un riguroso turno de huelgas, que se suceden, se encadenan, se eslabonan de modo perfecto, en rigurosa sincronía. A los pilotos de Iberia, periódicamente quejosos por las condiciones de su convenio colectivo, les reemplazan los trabajadores de tierra, que también piden mejoras salariales, es de suponer que con mayor motivo. Cuando ellos terminan sus paros, entran en acción (o por mejor decir, en inacción) los controladores aéreos, personajes invisibles para el viajero que sufre las consecuencias de sus reivindicaciones.

Al viajero, víctima de los desarreglos laborales de las dos poderosas compañías, Iberia y sus asociadas, AENA y sus departamentos, con el Ministerio de Fomento como desairado árbitro de los conflictos, se le dan grotescas explicaciones acerca de las razones de los retrasos en los vuelos. Que si *causas técnicas,* que si *problemas de enlace,* que si *congestión en el aeropuerto de llegada.* El resignado viajero sabe que todo son mentiras, que la culpa la tiene la huelga, sea de quien sea.

Pero la mansedumbre del usuario de las líneas aéreas nacionales es infinita y total su acatamiento de lo inevitable, su aceptación del hecho fatal de los retrasos como cláusula implícita en el contrato de adhesión que supone su billete. Semejante sutileza jurídica no es conocida, obviamente, por la inmensa mayoría de damnificados. Aunque la admiten con franciscana resignación. A ello les induce, además, la esterilidad de las protestas de los pocos, extranjeros por lo general, que se rebelan frente al hecho consumado.

Ya que de nada sirven sus educadas quejas o sus airadas protestas, que en eso suelen terminar. Nadie con poderes de representación les atiende; las azafatas de tierra, que no tienen la culpa de nada, se inmolan heroicamente admitiendo responsabilidades que no les corresponden y aguantan reproches y soportan insultos e incluso procuran mantener forzadas sonrisas. Los verdaderos culpables, muy alejados del lugar de los sucesos, desprecian absolutamente a las víctimas de su desbaratamiento, que terminan por abdicar de sus justas demandas y todo lo más se desfogan dando patadas a las butacas de la sala de espera. Quien espera desespera, dice el refrán.

El personal indígena, ya habituado a la iniquidad, se toma los retrasos, dos, tres horas, quizás más, con estoica filosofía. Hoy, por ejemplo, cuando el vuelo IB-330 Madrid-Valencia, que debía salir a las 20.15, nadie sabe a qué hora despegará (son ya las 21.20 y todavía no se ha dado ninguna explicación al pasaje), un grupo musical que debía actuar esta misma noche en el Palau de la Música y que ha asumido con humor la imposibilidad de hacerlo, saca sus instrumentos (de música, se entiende) de las fundas e improvisa un recital junto a una de las cafeterías del aeropuerto.

Los dos nuevos fichajes del Villarreal C. F., naturalmente extranjeros, pasada la sorpresa inicial por la demora y debidamente informados por su representante, juguetean por los pasillos con un balón; el más oscuro remata con tanta dureza a gol, que se carga el cristal de una ventana. El público aplaude; viene a ser una modesta represalia contra AENA. La mayoría de los frustrados viajeros dormita sobre las banquetas, incluso en el suelo. Otros muchos, con el teléfono móvil pegado a la oreja, hablan sin parar. Sin darle mayor importancia a la cosa, una pareja muy joven —parecen nórdicos por lo rubios— se acaramelan, se besan con frenesí, se magrean a conciencia y terminan por practicar el coito de manera rutinaria, ante la indiferencia de la muchedumbre que espera.

Una muchedumbre variopinta, abigarrada, heterogénea. Grupos de turistas foráneos, a quienes los guías de las agencias de viajes intentan calmar ofreciéndoles refrescos en el bar cercano. Muchachos fortachones y mozas prietas de carnes que usan como almohadones sus mochilas y, derrumbados sobre el enlosado, echan una cabezadita, ajenos al trajín de su entorno. Viejecitos del Inserso, encajados en los incómodos asientos de las salas de espera, lo miran todo con ojos de asombro, de extrañeza, de incomprensión. Van y vienen de un mostrador a otro, inquietas, incordiantes, algunas monjas de grises hábitos y morena tez (ahora muchas monjas son de raza negra). En las salas VIP, que están a reventar, los ejecutivos agresivos, dimitidos de su agresividad, forman un todo único con el teléfono móvil, en constante funcionamiento. Alguna dama elegante, madura, todavía de buen ver, se retoca el maquillaje, fuma cigarrillos negros y de cuando en cuando se acerca a la ventanilla de información, consciente y resignada a que no le informen de nada.

Leocadio Couceiro no participa de la general conformidad. Leocadio es presentador de televisión y dirige uno de los programas más celebrados de la que llaman pequeña pantalla, por el que desfilan semanalmente adúlteras famosas, homosexuales ilustres y chulos de renombre. Tan esmerada selección de personajes llenos de atractivo cultural y delicada sensibilidad ocupa reiteradamente el primer lugar en el *share* televisivo; o sea, que se trata del más visto por los telespectadores del país, cuyo buen gusto selectivo resulta notorio.

El éxito de Leocadio y su «Rifa caliente», que así se titula el espacio, se debe en buena parte a un equipo de colaboradores sagaz y muy activo, que sabe encontrar la noticia de interés nacional allí donde se produce. Y si no la encuentra, se la inventa. Una vez producido el impacto, el *shocking*, que dicen los pedantes, siempre habrá tiempo de rectificar. Así lo hicieron cuando lograron batir todos los récords de audiencia con el anuncio de que Mar Flores, desengañada de las vanidades mundanas, ahíta de amores falsos, había decidido abrazar la vida religiosa, ingresando en un convento de clausura. (De frailes, por supuesto.)

Leocadio nació en Buenos Aires, aunque de padres gallegos, emigrantes en la capital del Plata. Anda por los cuarenta años, arriba o abajo, más bien arriba que abajo y vino a la Madre Patria impulsado por una profunda vocación poética. Su ilusión era triunfar como un Neruda, como un Rubén. Pronto se dio cuenta de que el horno ibérico no estaba para endecasílabos y se pasó con todas las consecuencias a la crónica rosa. Con la ayuda de tantos porteños como andan por acá y jugando hábilmente con su ambigüedad sexual, pronto se colocó en cabeza de los especialistas en cotilleos. Accedió a la televisión presentando al director de la cadena su ideal periodístico: provocación, descaro, sexo libre y mucho escándalo.

Tiene una imaginación desbordante, conoce perfectamente lo que el público demanda. Y sabe dárselo. Por eso, ahora mismo, en pleno desbarajuste del aeropuerto, entre centenares de personas que dormitan o pasean o telefonean o se irritan en vano, su cerebro trabaja incansablemente. Llegará tarde al programa que emite desde Canal Sol; pero a cambio tiene que encontrar aquí el reportaje impactante, la información que entusiasme a las buenas mujeres que llenan las gradas del plató y aplauden con fervor cada vez que se les ordena (por dos mil pesetas y un bocadillo de chorizo), y, sobre todo, a los millones de fieles telespectadores de «Rifa caliente».

Siempre viaja en compañía de Marciano, su cámara. Un virtuoso del vídeo, capaz de captar con él las intimidades más recatadas. Ha hecho suyas las normas profesionales de los *paparazzi*, los fotógrafos que se dedican a retratar a personajes de la vida pública sin su autorización. Es decir, conocerse a fondo el Código Penal; no devolver las bofetadas, sino huir sin el menor reparo; colocarse, por si las moscas, cerca de la salida. Y llevar un cartucho vacío, para darlo haciendo un juego de manos, si los guardaespaldas le exigen la entrega de lo grabado.

Mientras enciende un pitillo, porque Marciano fuma mucho, sobre todo desde que se ha puesto tan difícil hacerlo, le comenta a Leocadio:

—Que ya son las diez pasadas. Que no llegamos al programa, macho. —Lo de macho se lo dice con retintín, pero Leocadio hace como que no se entera de la coñita.

—Ya lo sé. He llamado por el móvil al estudio y van a sustituirlo por una película de Bajo Ulloa.

—¡Jo, qué castigo!

—Pero a esto vamos a sacarle un rendimiento. Y sustancioso. Un récord de audiencia que será la leche.

Marciano hace un gesto de absoluta incredulidad. Leocadio se explica:

—¿Ves aquella chavala? Allí, junto al quiosco de prensa. Leyendo.

—Está buenísima.

—Acompáñame.

Debe de tener apenas veinte años. Es morena, de ojos grandes y con unos pechos suficientes, ni pequeños ni excesivos, que se dejan intuir desde la blusa poco abrochada. Los muslos, poderosos, proclaman su magnificencia gracias a unos *shorts* mínimos. Leocadio la aborda con su más amplia sonrisa.

—Hola, maja, ¿vas a Valencia?

A la chica no le impresiona nada el abordaje.

Quizás porque Leocadio no da en absoluto la imagen de un varón con malas intenciones.

—Bueno, eso pensaba. Pero no lo veo claro.

—Oye, guapa. ¿Te gustaría ganar veinte mil duros?

Ahora se extraña un poco, sin llegar a asustarse.

—Pues no estaría mal. Depende de cómo.

—Perdona; no me he presentado. Soy Leocadio Couceiro. ¿Te suena?

—Nada.

—¿Es que tú no ves la tele?

—Más bien poco.

—Pero sí que te sonará el programa «Rifa caliente»...

—Eso sí. Mi padre no se lo pierde ningún viernes. Pero a mí, chico, me parece una horterada.

Leocadio reprime su lógica vanidad, para sonreír farisaicamente y reconocer:

—Lo presento yo.

—Joder, vaya plancha. Lo siento.

—No te preocupes, no tiene importancia. La Constitución española consagra la libertad de expresión. Bueno, a lo que iba. Esto de los retrasos de Iberia es una cabronada, estarás de acuerdo. Y hay que dejar constancia de nuestra protesta, de la queja de los ciudadanos que padecemos tanta arbitrariedad. ¿Vale?

—Claro que sí.

—Entonces, como yo estoy con mi cámara, aquí, Marciano —Marciano sonríe—, he pensado grabar algo que llame la atención de la gente, algo que sea como un grito de condenación, como una repulsa de tanto cachondeo.

—¿Y qué pinto yo en eso?

—Atiende. Tú te subirás en aquella mesa. Yo, en la de al lado. Marciano estará filmando, naturalmente. Yo te presentaré: eres una víctima del desorden de la compañía, tenías que llegar a Valencia porque tu madre está muy enferma...

—Oye, que está muy sana y, además, yo vivo en La Pobla de Farnals.

—Da lo mismo. Lo importante es que protestes, te indignes, llores un poco. Y como prueba de tu rebeldía ante la injusticia, te desnudes.

—¿Por cien mil pesetas? Ni hablar.

—Digamos doscientas mil.

La chica hizo un gesto displicente.

—Trescientas mil. Oye, por menos vienen a mi programa modelos famosas que se despelotan tan campantes.

—¿Cómo pagas?

—Ahora mismo, con un cheque. De mi productora, que es muy solvente.

Tardó tan sólo unos segundos en decidirse.

—Vale. El cheque, por adelantado.

—Faltaría más. Y, por cierto, ¿cómo te llamas?

—Amparito Bonastre.

—No sirve. Pensemos en un seudónimo artístico. A ver, a ver... Vanessa Torcal. ¿Te gusta?

—Bueno.

Sacó Leocadio su talonario y extendió el cheque.

—Igual a mi madre no le hace gracia —meditó la chica—. Pero en el pueblo seguro que caerá bien.

—Seguro. Además, puede ser el comienzo de la fama, Vanessa. Porque, ¿tú qué haces?

—Estudio relaciones públicas.

—¡Macanas! ¡Ahora sabrás lo que es bueno!

Mejor que sobre una mesa, será colocar a la chica subida en uno de los mostradores, siempre hay varios vacíos, se le ocurre a Marciano. Trepa primero Leocadio, ofrece gentilmente su mano a Amparo/Vanessa para que se sitúe junto a él. Ha improvisado una especie de megáfono con unos cartones; lleva la voz al pecho, su fresca, limpia, brillante voz, tan conocida en España entera (ahora mismo acaba de firmar varios autógrafos) y reclama la atención de los pasajeros en vía muerta:

—¡Señoras, señores, queridas amigas, dilectos amigos, su atención, por favor. Les habla Leocadio Couceiro, del programa «Rifa caliente», que todos los viernes emite Canal Sol. Bueno, imagino que bastantes de ustedes me conocen...

Una señora gorda con el pelo ensortijado interrumpe la masticación del bocadillo de jamón ibérico, para gritar con entusiasmo:

—¡Eres el más grande!

Aplauden algunos; en ningún caso, el hombrecito vestido de gris con aspecto de auxiliar de oficina que está junto a la señora gorda y que ha recibido una lluvia de migajas de pan expelidas por la admiradora al manifestar su fervor con la boca llena.

—¡Señoras y señores, queridas amigas, dilectos amigos, estamos siendo víctimas una vez más de un atropello intolerable... Ustedes, los del fondo, acérquense, por favor. Somos pisoteados, mancillados, despreciados y afrentados por estas compañías sin escrúpulos o por sus empleados o por quien sea, que eso da igual. Sólo hay una realidad inconcusa: nuestra postergación, nuestra humillación...

Esta vez, la ovación es unánime. Atraídos por

el imprevisto festejo, ya se han reunido algunas docenas de curiosos frente al mostrador. Los del conjunto musical ocupan la primera fila, visiblemente interesados. Matrimonios veteranos, cuyas vacaciones no pueden comenzar peor, aprueban con gestos elocuentes las palabras de Leocadio. En pocos minutos se congrega un respetable gentío; como un guarda de seguridad intenta disolverlo, el orador le increpa:

—¡Quieto, procaz funcionario! ¡Atrás, asalariado de AENA! ¡La Constitución reconoce nuestro derecho a manifestar libremente la protesta contra los abusos de las oligarquías...!

El guarda hace un gesto de indiferencia y se retira entre abucheos. Leocadio, crecido, va directamente al grano:

—Les presento al último descubrimiento del programa «Rifa caliente»: esta guapa señorita que tengo a mi derecha. —Siseos, silbidos y otras muestras de entusiasmo entre el público—. Ella es valenciana, estudia relaciones públicas y se llama Vanessa. Tenía que estar en Valencia antes de las diez, por graves necesidades familiares. Sin embargo, como todos nosotros, sigue aquí, en este siniestro aeropuerto, cuando son, cuando son... —mira su reloj de pulsera— ¡las 10.50, quiero decir, las 22.50! Y ni Dios sabe cuándo saldremos.

Murmullos de protesta, gritos subversivos, alguna ingrata alusión a los progenitores del ministro de Fomento y de los huelguistas en general.

—Vanessa es una muchacha moderna, libre, independiente...

Desde la muchedumbre llega una voz aguda que grita:

—¡Está cojonuda!

—Bueno, vale, sí, también eso. Pero ahora se trata de que gracias a Vanessa y al programa «Rifa caliente», el país entero será consciente de nuestra rebeldía, de nuestra queja, de nuestra indignación, a través de una protesta original y sugestiva...

Marciano, cámara al hombro, está grabando las indispensables escenas de ambiente. Planos de personas que escuchan con atención a Leocadio; de otras que mastican chicle o chupan helados, sin perder por eso detalle del discurso; de algunas que parecen más distantes, quizá porque son extranjeras y no acaban de entender lo que sucede. Pero todos, sin distinción de raza, idioma o nacionalidad, aplauden fervorosamente cuando Vanessa/Amparo se quita la blusa primero, el sujetador después, y deja al aire, cimbreantes, saltarines, perfectos de tamaño y turgencia, sus hermosos pechos.

—¡Sí, queridos amigos, telespectadores que seguiréis este insólito reportaje que estamos grabando en el aeropuerto internacional de Barajas, Madrid, a las 23 horas de un día nefasto y vergonzoso! ¡Vanessa Torcal, la nueva estrella de «Rifa caliente», está realizando un *striptease* contestatario, como un símbolo, como una exigencia para que también desnuden sus miserias los responsables de este desaguisado, de este desbarajuste, de este bochorno nacional que son los retrasos en las líneas aéreas!

El enardecimiento del público alcanza cotas delirantes. Ya se ha quedado Vanessa sin más lencería que unas minúsculas bragas color salmón. La expectación ha llegado al máximo. Leocadio reclama silencio:

—¡Alcanzamos el momento cumbre de la exhibición artística de Vanessa! ¡Mucha atención! ¡Concentraos todos! ¡Lástima que no tengamos aquí un foco que ilumine la sugestiva entrepierna de nuestra estrella exclusiva! ¡Tampoco tenemos orquesta, pero podéis imitar el redoblar del batería! ¡Adelante...!

Un clamor confuso, desafinado, como el mugido de bestias en celo surge de la masa. La masa se ha incrementado tanto en pocos minutos que ocupa todo el pasillo, todo el zaguán que da acceso a las salidas D, E y F, la rotonda del bar y hasta las *boutiques* inmediatas.

Leocadio alza la voz al límite de su registro para pedir:

—¡Vanessa! ¡Contra la explotación de los pasajeros de Iberia! ¡Por la puntualidad y el orden y el respeto a los consumidores!...

Hace un pausa efectista.

—¡¡Ya...!!

Con gran delicadeza, con evidente encanto, la chica agarra con sus dedos finos los laterales de la braguita y sonriendo pícara, sensualmente, la hace descender unos centímetros. Se detiene. Un contoneo cuco, un gesto provocador de labios, un guiñar de ojos voluptuosos. Y súbitamente, con un golpe enérgico, las bragas caen al suelo y Vanessa abre sus piernas largas, torneadas, perfectas.

Esta vez no es murmullo, sino griterío, escándalo, algarabía, tumulto. Expresión desenfrenada del desencanto y la desilusión. Pues cubriendo la más apetecida intimidad de la muchacha, sin otra aproximación a su misterio que una sombra del vello púbico, lo que Vanessa enseña es el logotipo de la compañía Iberia, Líneas Aéreas de España.

Leocadio necesita gritar a todo pulmón para que se le oiga, sobreponiéndose al estrépito:

—¡Ya lo veis! ¡Además de privarnos de llegar a tiempo a nuestro destino, Iberia nos impide también contemplar en toda su esplendidez el desnudo integral de Vanessa! Pero, ¡mucha atención! El próximo lunes ofreceremos un programa especial de «Rifa caliente», en el que además de proyectar el vídeo que aquí estamos grabando para vergüenza de los responsables de este ultraje, nuestra estrella exclusiva completará el *striptease* que ahora no ha podido efectuar totalmente...

La bulla, el vocerío, apenas permiten escuchar la llamada de los altavoces, que reclaman a los pasajeros del vuelo 330 de Iberia con destino Valencia. Son las 23.40; tres horas y veinticinco minutos de retraso sobre el horario previsto. Total, una nadería, una bagatela, una insignificancia, un papandujo. Más se perdió en Cuba.

* * *

Como puede suponerse, Leocadio viajaba en clase preferente, *Business,* lo llaman con manifiesta cursilería. (Quizás se trate de reconocer el buen negocio que hacen las compañías con estas tarifas carísimas.) Y Amparo, o sea, Vanessa, en turista, como también cabía esperar. Pero el *Business* casi nunca se llena, fuera de las horas punta, y el presentador de «Rifa caliente» aprovechó que la sobrecargo era *fan* del programa y que, después de las horas de espera, las azafatas y el mismo comandante derrochaban amabilidad y benevolencia, para conseguir que permitiesen a la chica ocupar la butaca contigua a la suya, que estaba vacía. Así pudo anticiparle sus proyectos, mientras comían un bocadillo de mortadela que la generosidad de Iberia les ofreció (incluso con posibilidad de repetir), además de los habituales *frutos secos,* cacahuetes en el lenguaje vulgar.

—Bueno, estarás contenta, ¿no? Has tenido un éxito...

—Así, cualquiera. Aunque la gente se ha quedado desilusionada.

—Lo de taparte la cosa con el logotipo de Iberia fue una idea estupenda, como mía. Estimuló aún más la protesta, y hará que aumente la expectación ante el programa extraordinario que voy a montar el lunes. Estoy seguro de que...

Vanessa, que es sobre todo Amparo, o sea, valenciana, o sea, lista, le interrumpe:

—Un momento. Mi contrato, vamos a llamarlo así, era hacer el numerito en el aeropuerto. Eso de volver a despelotarme en los estudios habrá que discutirlo.

—Claro, mujer, claro. Mira, me parece que puedes ser una estupenda actriz de televisión; y te lo aseguro yo, que he descubierto a muchas chicas que ahora son famosas. Y ricas.

—Pues entonces, tú dirás...

Leocadio saca del bolsillo una cajetilla de Windsor, va a tomar un cigarrillo, pero recuerda las normas internacionales y se guarda el tabaco, con gesto enfadado.

—¡Esto de no poder fumar en los aviones es otra cabronada! Bien, hablábamos de las condiciones de un posible contrato. Tengo que consultar con la productora de mi programa. Pero no te preocupes; nunca me han negado nada.

—Yo también necesitaré consultar con mis padres. Aunque también aceptarán lo que yo les diga.

—Además, tú eres mayor de edad. O sea que...

—Mi padre nunca es problema; tiene ideas muy democráticas como buen republicano. Madre ya es otra cosa; se educó con las monjas y no acaba de darse cuenta de que vivimos en una sociedad con libertades absolutas. No me importa: al final siempre decide el *sinyor Chimo,* quiero decir, mi padre, porque a doña Amparo, mi madre, le enseñaron precisamente las monjas que tenía que obedecer al marido.

—A veces, el machismo resulta muy recomendable.

—Y mi hermano Voro tampoco me preocupa; tiene dieciocho años, es muy progre y estoy segura de que le encantará el asunto. Por cierto, toca la guitarra eléctrica en un conjunto que organizó en el pueblo, con otros tres colegas. ¿No podrías llevarle alguna vez al programa? Son fenómenos, de verdad.

—Posiblemente. Todo dependerá de ti.

—Oye, al grano. ¿Qué vas a pagarme?

—Déjame que lo hable con la productora. Aunque ya te anticipo que, por lo menos, sesenta mil duros por programa.

—Sin despelote. Por ese dinero sólo haré de azafata normal, de las que sacan del brazo a los concursantes y todo eso.

—Bueno, bueno; ya concretaremos mañana. Dame tu teléfono; te llamaré por la tarde, alrededor de las siete.

—Vale.

Por los altavoces llega la voz dulzona de la sobrecargo, anunciando que en diez minutos aterrizarán en el aeropuerto de Valencia. (Todas las sobrecargos, como los locutores que en los aeropuertos dan los avisos, tienen la misma voz y la misma entonación.)

—Levántate; es conveniente que te despidas de los pasajeros. Eres ya su ídolo. Siempre te recordarán como «la chica del aeropuerto».

Descorre la cortinilla que separa la zona de los más pudientes (o de los más fardones) de la común. Esa cortinilla que marca una distinción absurda, pues salvo el precio, poco se diferencia una clase de la otra: los asientos son igualmente incómodos y estrechos, las lecturas son las mismas (o sea, la prensa diaria) y todo lo más, si el vuelo no es demasiado corto, se ofrecen al elitista pasaje unos siniestros canapés de incógnito contenido.

Amparo/Vanessa traspasa la cortinilla de la vergüenza, de la mano de Leocadio. Mientras Marciano hace fotos, el presentador argentino, a quien su admiradora, la sobrecargo, ha prestado el micrófono, se dirige a los viajeros:

—Su atención, por favor. Señoras y señores, queridas amigas y dilectos amigos, Vanessa, esta bella mujer gracias a la cual, España entera conocerá los sufrimientos, las vejaciones que todos ustedes han padecido, desea despedirse...

Algunos aplauden; aunque el personal está tan cansado, tan harto, que sólo piensa en terminar cuanto antes el azaroso viaje. Sonriendo forzadamente, Vanessa lleva su mano derecha a los labios y hace como que remite sus besos a los pasajeros, que ahora aplauden un poco más. De nuevo habla Leocadio:

—Buenas noches a todos. Y no olviden conectar sus televisores el próximo lunes, a las veintitrés horas, quiero decir a las once de la noche, con el programa especial de «Rifa caliente», que tengo el honor de presentar...

De vuelta a sus asientos, ordena a Marciano:

—En cuanto lleguemos, te vas pitando a la delegación de EFE, revelas las fotos del aeropuerto y que las transmitan en el servicio urgente de actualidad.

En esta ocasión, las maletas se entregan con insólita rapidez: en poco más de veinte minutos. Y ni siquiera falta ninguna. Leocadio besa en la mejilla a Vanessa con especial afecto:

—Ya sabes: mañana te llamaré, por la tarde.

La está esperando su hermano Voro. Es un maromo macizo, tostado por el sol de la huerta, que lleva los pelos de punta, con mucha laca y pintados de verde manzana. Dos aretes en cada una de las orejas, en el brazo izquierdo, un tatuaje extraño, algo así como un dragón de cuento de hadas, la camisa abierta permite comprobar la fortaleza de su tórax; de las tetillas penden unos colgajos dorados. El pantalón vaquero, ceñidísimo, remarca eso que llaman el paquete.

Abraza sin demasiado entusiasmo a Amparo.

—Los padres se fueron hace ya una hora, cansados de esperar.

—Es natural.

—Tengo ahí la moto. Vámonos en seguida, que con esta coña todavía no he cenado...

* * *

El *sinyor* Chimo Bonastre tiene una barriga importante, una de esas barrigas esféricas, que comienzan en el estómago y se extienden hasta el mismísimo pubis, formando una curva de gran diámetro. Una barriga rotunda, conseguida tras años de asidua dedicación a las paellas, a los entrepanes de *botifarrons* y a las chuletas con *all i oli*. Apenas pasa del medio siglo, pero está ya calvo, sin que consiga disimularlo con el peinado de persiana, a lo Anasagasti, consistente, como es notorio, en dejarse muy largos los pelos del cogote y llevarlos cuidadosamente extendidos sobre el pelado cráneo.

Chimo heredó de su padre, el *tío Bragueta*, así conocido en el pueblo por su voracidad sexual, una fortunita respetable, que su progenitor acumuló en los años de la posguerra haciendo estraperlo con diversos productos, especialmente los que llamaba cárnicos. Invirtió buena parte de las ganancias en huertos de naranjas (el resto se lo gastó en los cabarets de Valencia) y a su muerte, en 1974, su único hijo y heredero universal, por tanto, se encontró con la vida resuelta. Aunque tuvo que defender sus derechos frente a la reclamación de un vecino de Albalat dels Sorells, el cercano pueblo, que aseguraba ser también hijo, bien que ilegítimo, del *tío Bragueta*.

Como por entonces todavía no se llevaba la prueba del ADN, el presunto hermanastro de Chimo (que, seguramente, lo era) perdió el pleito. Y Chimo pudo disfrutar ya sin problemas de su acomodada posición y, por si algo faltara, se casó con Amparo Fornells, también hija única del boticario del pueblo, viudo y famoso por su tacañería;

así que cuando pasó a mejor vida, dijeron que por haberse tomado un potingue contra el estreñimiento, que él mismo elaboró sobre fórmula magistral propia, su vástaga se encontró con varios millones de pesetas en papel del Estado, cuentas fijas y acciones diversas.

El *tío Bragueta* fue republicano de toda la vida, seguidor fidelísimo de Blasco Ibáñez, cuya obra completa tenía, como bibliografía única, en los anaqueles de la salita de estar. No había leído más que *La barraca* y, aun eso, a trompicones; pero se trataba de manifestar de forma expresa su admiración por don Visent. También tenía en la mismísima alcoba matrimonial una enorme bandera republicana, que allí estuvo siempre, incluso durante el franquismo. Sin el menor problema, pues sus fervores republicanos supo hacerlos compatibles con el absoluto acatamiento a los principios del Movimiento Nacional. Después de todo, fue durante el franquismo cuando amasó su fortuna y él era un hombre agradecido.

Su hijo Chimo mantiene las ideas políticas de su padre, aunque no se cansa de aclarar que es un republicano de don Juan Carlos; eso que dicen otros muchos, a quienes también les marchan bien las cosas con la monarquía actual. Curiosamente, no heredó las ansias eróticas de su progenitor; lo que le gusta es comer, comer mucho y es obvio, además, que con semejante tripa le resultaría difícil practicar el apareamiento o fornicación con un mínimo de garantías. Se levanta a media mañana, se da una vuelta por sus naranjales, por supuesto en el Land Rover, y tras la paella diaria y la siesta con el orinal debajo de la cama (tal como recomienda Cela, aunque él esto no lo sabe), juega en el casino su partida de dominó, se bebe unas cuantas cervezas, cena en su casa tres platos y postre y, medio adormilado, se sienta junto a su resignada esposa Amparo frente al televisor. Tiene, eso sí, una especial intuición para despertar en plenitud de lucidez en cuanto aparece en pantalla alguna señorita en pelota o se celebra cualquier coloquio sobre temas picantes.

Así que, docto en la materia, cuando su hija explica el futuro que se le ofrece en la tele, no duda en afirmar:

—*Això pot estar bé* (1).

Doña Amparo mueve resignadamente la cabeza, lanza un suspiro y no dice nada. Es su habitual respuesta tácita a las opiniones de su marido. Voro, en cambio, se entusiasma.

—¡*Collons*, ya lo creo que está bien! En la tele se gana un huevo de pasta y, además, a las tronquis como mi hermana le salen planes cojonudos, quiero decir, otros trabajos en las pasarelas de modas y toda esa movida.

—Entonces, padre, ¿te parece que acepte la oferta de ese señor argentino tan famoso?

—Sí que es famoso, sí; y su programa me gusta mucho. Es progresista y liberal, muy educativo. ¿Cuánto dices que te pagarán?

—Trescientas mil pesetas por los programas normales. Algo más, yo calculo que medio millón, si tengo que hacer expresión corporal.

—¿Y eso qué es?

(1) En castellano, *Eso puede estar bien*. Aunque, en la realidad, todo el diálogo transcurra en valenciano, lo ofrezco traducido en atención a los lectores que no lo hablen. *(N. del A.)*

—Bueno, pues algún *streap-tease;* ya sabes, quitarme la ropa...

Doña Amparo no se contenta ahora con mover resignadamente la cabeza y suspirar; además, se persigna.

—Supongo que lo harás con naturalidad, sin intención guarra, como algo artístico...

—Claro, padre, por supuesto.

—Oye, y eso que van a pagarte, ¿es neto o sin deducir impuestos?

—No sé; no lo hablamos.

—Pues mañana, cuando llame el señor Leocadio, hay que dejarlo clarito: cantidades netas.

—Sí, padre. Entonces, ¿le parece que acepte?

—Che, pues claro. Eso sí que es un porvenir y no lo de las relaciones públicas que quería tu madre. Además, ya me conoces: soy demócrata y liberal y progresista. Y, sobre todo, aunque te dijera que no, como eres mayor de edad, lo hubieses aceptado igual y, encima, nos hubiéramos enfadado.

Amparito miente:

—No, padre, de no estar usted de acuerdo, lo hubiese rechazado.

Doña Amparo, insólitamente, tercia en la conversación.

—Dios me libre, hija, de llevarle la contraria a tu padre; pero, ¿has pensado en el prestigio que tiene tu apellido aquí, en el pueblo?

—No se preocupe por eso; trabajaré con un seudónimo.

—Che, pues eso no acaba de gustarme —dice el *sinyor* Chimo—, porque la gente de fuera no sabrá que soy tu padre. Pero, en fin; la verdad es que casi todas las artistas se inventan un apodo. ¿Cuál será el tuyo?

—Vanessa. Vanessa Torcal.

—¡Dabuten! —se alboroza Voro.

—Bueno, hija, cuestión resuelta. Que tengas mucho éxito y, sobre todo, que ganes mucho dinero, que la vida está cada vez más cara y esto de la naranja, con la coña de la Unión Europea, se ha puesto muy difícil. A ver, Voro, sirve unas copitas de coñac, para que brindemos por tu hermana.

Doña Amparo no bebe nunca y, por tanto, tampoco brinda. Lo hacen su marido y sus hijos y repiten copa y, a la tercera, Voro dice:

—Padre, se me ocurre que le diga al alcalde que el lunes ponga una pantalla gigante de televisión en la Casa de la Cultura, para que todo el pueblo pueda ver el programa de Amparito, bueno, de Vanessa, en el aeropuerto.

El suspiro de doña Amparo parece más bien un tornado. Incluso osa intervenir:

—Perdona, Chimo; pero esa ostentación de la impudicia me parece un pecado muy gordo. Y perdona, perdona otra vez...

—¡No seas antigua! ¿No ves a tus monjas, que ahora van con minifalda? Vivimos en otra época; se acabaron las ideas cavernícolas. Hay que ser tolerantes; tolerantes por encima de todo. Que te lo diga tu hijo, que está en el mundo actual...

—Sí, madre; hay que ser tolerantes. Por cierto, padre, después le pediré una cosa.

—Después, después. Ahora voy a llamar al alcalde...

* * *

El ayuntamiento (mayoría del Partido Popular) convocó sesión extraordinaria para aprobar un crédito especial que permitiese adquirir una pantalla gigante y colocarla en la Casa de la Cultura, para que todo el pueblo presenciara la actuación de la señorita Amparo Bonastre, vecina de la villa, en el famoso programa «Rifa caliente», el lunes 21. El alcalde (PP) dirigió unas palabras a los ediles, resaltando que se trataba de un evento que suponía legítimo orgullo para La Pobla de Farnals. Los cinco concejales del PP aplaudieron la breve alocución.

Ante el general asombro, el concejal socialista Jaume Farinós pidió la palabra para oponerse a la propuesta, ya que la actuación de la vecina Amparito, según sus noticias, resultaba contraria a la moral, de modo que suponía una afrenta para el buen nombre de la villa. Apoyaron su postura los dos concejales restantes del PSOE y el de Izquierda Unida, que en su intervención criticó muy duramente la degeneración de costumbres y la pérdida de la ética, bien supremo que siempre defendió el partido comunista. Puesto a votación el asunto, fue aprobado por seis votos (los del Partido Popular) contra los cuatro de la oposición.

Voro llevó la buena nueva a su padre, que acababa de ultimar por teléfono con Leocadio los flecos del contrato de Amparito, ya definitivamente Vanessa. Acabaron de convencerle las explicaciones que le dio el argentino sobre el sistema que habitualmente se usa en las televisiones para contratar a las figuras (y su hija ya lo era). O sea, que no aparecían ellas como parte contratante, sino una sociedad mercantil, la cual a su vez les extendía un contrato laboral por el salario mínimo. La sociedad, que en este caso formarían el matrimonio Bonastre, suponía un costo fiscal mucho más bajo que si se tratase de un contrato con persona física.

—¿Y dices que los de izquierda han votado en contra?

—Sí, padre.

—Che, hay que comprenderlo. Como su nombre indica, la oposición tiene que oponerse a todo. Pero los socialistas seguro que en el fondo están conformes con lo de mi chica. ¡Menudo golfo es el Farinós! ¿Cómo no va a ser tolerante?

—Lo de la tolerancia ha sido el principal argumento del alcalde.

—¡Claro! ¡Tolerancia! ¡Tolerancia! Ahí está la base de la democracia.

—A propósito, padre. Ya sabe que tenía que pedirle una cosa.

Doña Amparo, siempre testigo silencioso, exhaló un suspiro premonitorio.

—Dime, dime.

—¿Se acuerda la otra noche, cuando aquel programa de la tele sobre las relaciones entre padres e hijos?

—Fue muy interesante. Se dijeron verdades como puños. Yo me sentí aludido cuando hablaron de los padres comprensivos, que entienden los problemas de vosotros, los jóvenes. Que son tolerantes, vaya.

—¿Y se acuerda de que se trató si es mejor que los hijos hagan el amor con su pareja en la casa de los padres que fuera de ella?

—Salió por mayoría que es mejor así; hasta por higiene.

—¿O sea, que usted me dejará que traiga aquí a mi pareja para el triquitriqui?

Duda unos segundos el *sinyor* Chimo; finalmente, no tiene más remedio que ser consecuente.

—Desde luego. Puedes hacerlo.

Doña Amparo se levanta, temblorosa.

—Perdona, Chimo —musita—. ¿Te das cuenta de lo que dices?

—Naturalmente. Es asunto decidido.

—Pero, por lo menos, que no lo hagan en la habitación del chico. En esa misma cama murió su abuela...

—No hay problema, madre. Tengo preparado el cuarto de arriba, el de los huéspedes.

* * *

Y a la noche siguiente, Voro hizo el amor con su pareja en el domicilio paterno, gracias a la tolerancia del *sinyor* Chimo, tan actual, tan progresista.

La pareja de Voro se llama Manolo y es el organista de la parroquia.

II

EL DIVORCIO DEL MARQUÉS

El marqués de Novadaya, don Arcediano Robres Pedrote Sarmiento Núñez-Gamboa y Díaz del Platanar escucha con total, plena, absoluta atención el informe que le está ofreciendo su administrador, don Hipólito. De un tiempo a esta parte, digamos que desde los últimos doce meses, el señor marqués se concentra y no sólo medita, sino que incluso toma notas, inquiere aclaraciones, comprueba documentos cada vez que su fiel apoderado le presenta el estado de las cuentas bancarias y le comunica la situación económica de su patrimonio.

Antes no solía poner semejante diligencia. Antes, cuando los balances siempre resultaban positivos y la finca rendía beneficios temporada tras temporada y su agente de Bolsa sólo le daba buenas noticias, el señor marqués apenas atendía los resúmenes que le presentaba don Hipólito, con voz pausada, el rostro plácido y un mínimo esbozo de sonrisa. Ya que al probo administrador jamás se le conoció la risa franca, que es síntoma de pleno alborozo, de total satisfacción. Pues opina que un tutor de ajenos intereses debe moderar sus sentimientos y refrenar el optimismo, dado que en materia tan proclive a los altibajos de fortuna, no es recomendable comunicar excesiva euforia al administrado.

Con la misma filosofía, tampoco ahora, cuando los negocios van mal, exagera el gesto compungido ni altera la voz y tan sólo omite el apunte de sonrisa. El ceño fruncido, la mirada hosca, la expresión adusta las pone el señor marqués; aunque sin descomponer ni un solo instante sus elegantes modales, su congénita distinción.

—Entonces, don Hipólito, lo del crédito...

—En el Barclays niegan toda posibilidad de concederlo, mientras no se cancele la hipoteca de la finca. Ya conoce a doña Ana, la subdirectora de la agencia. Una mujer tan atractiva como inflexible. Que se sabe al céntimo la actual situación financiera del señor marqués.

—¿Y en cuánto está ahora la hipoteca?

—Después de la última renovación, incluidos los intereses del presente trimestre, alrededor de los veintiséis millones...

Consulta unos folios que ha sacado de su voluminosa cartera.

—Exactamente, 26 234 876 pesetas. Lo que en euros supone...

—Deje, deje; sigo sin conseguir entender eso de los euros.

—Yo lo decía por animarle, porque la cifra será más bajita...

El señor marqués se agarra la cabeza con las dos manos, como suelen hacer en estos casos las personas que quieren demostrar una preocupación. Porque la tiene, claro. Don Hipólito la aumenta con sus últimas observaciones.

—El corredor de Bolsa me dice que el momento es muy malo para vender; que las pérdidas serían grandes. Por eso aconseja esperar...

—¿Y la posibilidad de vender la finca de Jaén?

—¡Por Dios, señor marqués, ésa no debe ser nunca la solución! Además, ahora, con las medidas tan drásticas que impone la Unión Europea, ya sabe, la tala de olivares para disminuir la producción, toda la zona aceitunera se ha depreciado una enormidad...

El señor marqués se pone en pie. Tras una hora sentado, ni una arruga afea el pantalón de su traje, pura lana virgen, hecho a medida en el mejor sastre de Londres.

—Muchas gracias, don Hipólito. Habrá que reflexionar muy seriamente; como comprenderá, he de cambiar también impresiones con la marquesa. Y no se me aflija; en estas situaciones hay que huir del descaecimiento.

—Sí, sí, señor marqués. Lo intentaré. Pero yo no tengo su grandeza de ánimo...

Tan emotivo elogio justifica que el marqués despida a su administrador con un abrazo cargado de gratitud. Vuelve al salón, se sirve una ginebra bien colmada y da unos pasos, abstraído en oscuros pensamientos. Al cabo de unos minutos hace sonar el timbre para ordenar al mayordomo, cuando asoma por la puerta y se cuadra respetuosamente:

—Anselmo, dígale a la señora marquesa que tenga la amabilidad de venir.

* * *

El marquesado de Novadaya data del siglo XVI, cuando el emperador Carlos I de España y V de Alemania otorgó el título al alférez de los tercios don Álvaro Robres, en premio a sus hazañas en los campos de Flandes y, de modo especial, en la gloriosa batalla de Pavía. A lo largo de los siglos, todos los Novadaya se distinguieron por su noble conducta, por su servicio a la Corona y por su exquisita elegancia. Y las marquesas consorte destacaron, tradicionalmente, por su singular belleza. Especialmente la abuela del actual marqués, doña Everilda, tan hermosa a la par que incitante, que Su Majestad don Alfonso XIII le hizo el honor a su esposo, el XX marqués de Novadaya, de acostarse con ella tres veces.

Durante la ominosa Segunda República, el gobierno del señor Azaña confiscó las fincas del entonces XXI marqués, don Hermenegildo, quien tuvo que huir a Francia. Al estallar el glorioso Movimiento Nacional, su hijo Arcediano se enroló voluntario en el ejército franquista, se estampilló como alférez provisional, fue herido en la batalla del Ebro y ganó una medalla militar colectiva. El patrimonio de los Novadaya estaba sensiblemente quebrantado cuando, al término de la guerra, pudieron recuperarlo. En 1945 murió el marqués y Arcediano, su único hijo, heredó el título.

Desde entonces ha ido viviendo de las rentas, en alguna ocasión tuvo que realizar varios inmuebles (quiere decirse que los vendió) y aunque el patrimonio disminuía anualmente, todavía le permitía mantener su tradicional ritmo de vida. Por descontado que en ningún momento el señor marqués se planteó trabajar; no tuvo hijos de su matrimonio con Mimí Bustamante, niña bien de Santander, y había echado cuentas, de las que resultaba que hasta sus noventa años (y los ochenta y cinco de la marquesa) podría seguir tirando sin reducir su estatus de vida.

Además, nunca tuvo vicios caros. Ni amantes onerosas; algún que otro escarceo, qué menos, pero sin que le supusiera desembolso sensible. Fue gran jugador de polo; sin embargo, semejante deporte hace ya años que apenas se practica en España. Sigue jugando al golf a sus 79 lúcidos años, continúa asiduo de la buena ginebra y los drymartini, y es feliz con Mimí, la marquesa, de quien siempre estuvo enamoradísimo. Y sigue estándolo cuando se aproxima la hermosa efeméride de sus bodas de oro.

Los Novadaya son muy apreciados entre la alta sociedad. Se les quiere y se les admira por su señorío, por lo bien que siempre han recibido, por la generosidad con que atienden las causas benéficas que se les proponen. El marqués ha sido históricamente objeto de fascinación para las mujeres de toda clase, en buena medida porque jamás intentó seducirlas. ¡Y era tan guapo! Todavía hoy mantiene un encanto, un atractivo tan decadente como interesante. Sigue erguido, anchos los hombros, con todo su cabello, al que la blancura presta singular distinción. Y el fino bigotillo, que cuando un gilipollas lo tachó de fascista, encontró la contundente respuesta del marqués: ni Mussolini, ni el conde Ciano, ni José Antonio llevaron jamás bigote. Él se lo dejó crecer, como todos los de su generación, para imitar a Clark Gable, a Errol Flynn, a Ronald Colman, a Alfredo Mayo. Para gustar a las mujeres, vaya.

* * *

—Mimí, acaba de marcharse don Hipólito. Nuestra situación financiera es pésima. Circunstancias imprevistas del mercado han desbaratado todos mis cálculos. Tal como estamos, no aguantaremos más de dos años, digamos tres.

Mimí, que es una gran dama, encaja la noticia con admirable serenidad.

—Arcediano, ya sabes que siempre me fié de ti, en todos los aspectos. Así que estoy segura de que algo harás para sobreponernos a este mal momento.

—Gracias, querida. Como se acerca la hora de la partida, me voy a Puerta de Hierro. Espero que jugando al golf se me ocurra alguna solución.

En el club, todos también le quieren, le admiran y le respetan. A su viejo amigo, el conde de las Seis Torres, que le conoce bien, no se le oculta que hoy está preocupado, incluso triste.

—Sí, Federico, sí. A ti te lo debo confesar. Tengo problemas. El maldito dinero, que siempre despreciamos porque no era propio de nuestra clase. Pero que ahora resulta indispensable.

Se lo cuenta todo. Y el conde le sugiere una idea.

—¿Por qué no aprovechas tu título, tu fama, tu historial, en eso que llaman las revistas del corazón? A Pepe Alcazaba le han pagado dos millones nada más que por dejar fotografiar su palacio.

—¿Pero eso es digno?

—¡Déjate de remilgos! Si ahora ya no importa nada nuestra alcurnia. Ahí tienes al mozalbete ése, Lequio, pariente de Su Majestad, forrándose gracias a sus escándalos.

—Lo que pasa es que no conozco a nadie que pueda introducirme en ese mundo.

—Yo te lo presentaré. Viene por aquí un argentino que lleva un programa de la tele muy popular, «Rifa caliente», que quizás hayas visto alguna noche...

—Sí; una gran ordinariez.

—Bueno, pues este tipo seguro que conoce a la gente de las revistas rosas. Podemos planteárselo.

—Federico, me da un no sé qué...

—Necesitas dinero, ¿no? Pues hay que conseguirlo. Acuérdate cuando yo me decidí a contratar con una agencia mi finca de Jerez para que la visitaran los fines de semana manadas de turistas, que se vuelven locos paseando en coche de caballos, viendo de lejos los toros y comiendo gazpacho en el comedor real. Allí, donde sólo entraban Grandes de España y se exigía la etiqueta. Bueno, pues ahora se llena de suecos en bermudas y de alemanas coloradotas en biquini, que beben a morro. ¿Y qué? Gracias a eso he podido mantener la ganadería y los encinares y pagar puntualmente a toda mi gente.

Leocadio se deshace en zalemas cuando Federico Seis Torres le presenta al marqués. Estos hispanoamericanos sienten una reverente admiración por los títulos, por muy tronados que estén. Y como buen sicólogo, capta en seguida la penosa realidad de Novadaya. Y se da cuenta de que puede sacarle un apetitoso jugo.

—Señor marqués, lo de conseguir que en *¡Hola!* publiquen un reportaje sobre su residencia, sin duda hermosísima, no es problema. Hablaré con el director, que es amigo. Aunque yo voy más allá; perdone mi vanidad, pero creo que estoy en disposición de ofrecerle unos ingresos mucho más interesantes. Veamos, ¿es usted casado, supongo?

—Hace cuarenta y nueve años.

—¿Tienen ustedes hijos?

—Desgraciadamente, Dios no lo ha querido.

—Mucho mejor. Tengo entendido que es persona muy conocida en la alta sociedad, muy respetada. También entre la clase media se le distingue...

—Creo que sí. Son muchos años en primera línea de la actualidad social.

Leocadio pide un whisky; al marqués, sin necesidad de decirlo, el camarero le sirve su martini.

—Yo planificaría así la operación. Primero, el reportaje en su domicilio; conviene que aparezca la señora marquesa en muchas fotos. Y usted, claro, lo más cariñoso posible con ella.

—No me costará ningún esfuerzo, se lo aseguro.

—Lo supongo. A los quince días, en el mismo semanario, la gran exclusiva: ¡Los marqueses de Novadaya se divorcian!

—¡Pero qué dice usted, insensato! ¡Eso es un disparate!

Indignado, enfurecido, el marqués se pone en pie.

—¡Mi mujer y yo estamos más enamorados que nunca! ¡El año próximo cumpliremos, Dios mediante, las bodas de oro y pensamos dar una fiesta grandiosa a todos nuestros amigos. Incluso invitaremos a Sus Majestades.

—Eso saldrá carísimo, marqués...

Novadaya cambia de expresión. Vuelve a sentarse y solamente musita:

—Sí, claro.

—¿Sabe cuánto podría conseguir por la exclusiva de su supuesto divorcio? Y digo supuesto porque, naturalmente, nunca sería auténtico. Usted tendría que vivir una temporada en un hotel, para guardar las apariencias. Pero nada más.

—¿Y dice que me pagarían...?

—Por lo menos, doce millones. Pero, además, yo le llevaría también en exclusiva a mi programa, «Rifa caliente», y le aseguro otros diez. O sea, que en total no bajaríamos de los veintidós.

El marqués hace cuentas mentales. Todavía faltan cuatro largos para amortizar la hipoteca.

—¿No podría ser algo más?

El cerebro de Leocadio trabaja con rapidez.

—Claro que sí. Pero habría que completar el escándalo. Perdone, las cosas por su nombre. Hablamos de un negocio, ¿no? Pues con todas sus consecuencias.

—No le entiendo.

—Si la noticia del divorcio la completamos, una o dos semanas más tarde, con su motivación, la tarifa subirá. Y mucho.

—Sigo sin entenderle.

—Usted, marqués, se divorcia de su esposa, tras tantos años de feliz matrimonio, porque se ha enamorado. Se ha enamorado de una jovencita, a ser posible famosa. Una actriz, una *starlette*...

—Francamente, eso me parece demasiado.

—¡Ya lo tengo! Precisamente esta noche, en mi programa, lanzo a una estrella, «la chica del aeropuerto» van a llamarla. Mañana será conocida en toda España. Si montamos su romance con usted, rompemos todos los récords.

—No, no. Lo encuentro excesivo.

—Piense que entre la nueva exclusiva para *¡Hola!* y la posterior para mi programa, podríamos acercarnos a los treinta millones.

—¿Cómo dice? —El marqués no logra ocultar su asombro.

—Sí, perfectamente. Sin contar con otros flecos...

El conde de las Seis Torres, que ha asistido en silencio a todo el diálogo, no puede menos que aconsejar:

—Merece la pena que te lo pienses, Arcediano.

—Ya lo creo que merece la pena...

Leocadio comprende que la pieza está a punto de caer.

—El escándalo durará dos meses, tres a lo sumo. Después llegará otro y nadie se acordará del suyo. Se lo digo con mi larga experiencia en estos temas. Para comienzos de otoño, usted regresará al hogar y asunto concluido.

El marqués vacila unos segundos, antes de preguntar:

—Oiga, y esa presunta reconciliación, ¿no podremos también cobrarla?

—Quizá sí.

Hay una pausa larga, densa, cargada de recíprocos pensamientos, de íntimas consideraciones.

—He de comentarlo con la marquesa. Sin su aprobación, jamás aceptaría, compréndalo.

—Obvio, querido marqués. Tenga mi tarjeta; llámeme al móvil, que es donde siempre se me encuentra. ¡Ah! Y esta noche, no deje de ver mi programa. Así conocerá a Vanessa, «la chica del aeropuerto», la que puede convertirse a efectos externos en su amante. Nadie le discutirá su buen gusto, se lo aseguro...

* * *

Cuatro páginas a todo color dedicó *¡Hola!* a mostrar, por primera vez, según se advertía en los titulares, la suntuosa residencia de los marqueses de Novadaya. Los amplios salones, amueblados con piezas en algunos casos auténticamente irrepetibles; los cuadros, incluso un Goya (se omitía en el reportaje que había serias dudas acerca de su autenticidad), la salita de juegos, con su billar y un ajedrez de marfil, del siglo XVIII (esto era verdad) y el cuarto de baño de la marquesa, de mármol legítimo de Carrara y la biblioteca, con más de once mil volúmenes, entre ellos, dos incunables y los *Episodios nacionales*, de Galdós, encuadernados en piel de alce y con cantoneras de oro de ley.

En varias fotografías aparecían los marqueses, don Arcediano en traje *sport*, con *foulard* al cuello, tiernamente enlazado por el talle con su esposa, que lucía una blusa granate de seda natural y falda gris. En otras, el marqués vestía de oscuro, un terno cruzado, camisa celeste y corbata azul de seda natural; ella, traje largo de lamé dorado. En ésta, Mimí estaba sentada en uno de los sillones isabelinos y su esposo, de pie, le tenía cogida amorosamente la mano. También se reproducía la fotografía de la boda de los marqueses, en 1950, que, enmarcada en plata y con el correspondiente escudo de la casa, se encontraba sobre una consola del gran salón. Verdaderamente, hacían una pareja espléndida.

Los buenos amigos del matrimonio celebraron mucho el reportaje y durante dos días no cesó de sonar el teléfono; la condesa de Romanones, la marquesa de Quintanar, Natalia Figueroa, los condes de Montarco, los Alhucemas, los Latores, los Trenor, lo más selecto de la nobleza quiso felicitar a Mimí y a Arcediano por haber permitido que los lectores del semanario pudiesen admirar aquella muestra de buen gusto, aquella auténtica obra de arte, que todos ellos, por supuesto, tan bien conocían. Insistían los buenos amigos en lo guapísimos que estaban los marqueses y, sobre todo, en cómo se les notaba la felicidad, cuán claramente se advertía en sus semblantes lo enamoradísimos que seguían estando.

—¿Cómo crees que reaccionarán cuando se publique lo del divorcio?

Porque la marquesa aumentaba su preocupación por momentos, de tal forma que, en alguna ocasión, a punto estuvo de arrepentirse.

—Tú no te preocupes. Quien quedará como un sinvergüenza seré yo. A ti vendrá todo el mundo a consolarte y aprovecharán para decir de mí todo lo malo que durante tantos años han pensado y se han tenido que callar.

—Mira, así conoceremos a los amigos de verdad.

—Oye, Mimí —se sinceró el marqués—, ¿no habremos hecho una locura?

—Claro que sí. Pero ya sabes que hasta a los delincuentes se les rebaja la pena por el estado de necesidad.

—Y el nuestro es gravísimo...

* * *

La condesa de las Seis Torres desayuna todos los días en la cama; cuando termina el zumo de pomelo, las tostadas con miel, el té con leche (y sacarina) y dos *marron glacé*, lee el *ABC* y, los jueves, las revistas del corazón al completo: *¡Hola!*, *Semana*, *Diez minutos* y *Lecturas*. Como hoy es jueves, está en ello. De pronto, empalidece y, después, enrojece y, en seguida, da un grito. Toca nerviosamente la campanilla; cuando asoma por la puerta la doncella, le ordena, con voz temblorosa:

—El señor conde... Que venga en seguida el señor conde...

—Lo siento, señora condesa. El señor conde ya se ha marchado al despacho.

Federico Seis Torres preside varias sociedades y, además, se lo toma en serio.

—Tráeme el móvil... De prisa...

Marca el número de su marido, que recibe la llamada cuando marcha a la altura de Serrano-Ayala y está detenido en un atasco impresionante.

—¡Federico! ¿Me oyes bien, Federico? ¡Federico! ¡Que es muy grave lo que tengo que decirte...!

—Te oigo, querida, te oigo. ¿Qué pasa?

—¿No irás conduciendo tú?

—No, no conduzco yo. ¿Y eso qué importa?

—Que sería peligroso por la impresión. Federico, agárrate bien.

—¿Pero se puede saber qué ocurre?

—Los Novadaya se divorcian. Repito, por si no lo has oído bien: los Novadaya se divorcian. Acabo de leerlo en el *¡Hola!* El granuja de Arcediano, porque resulta que es un granuja, un sinvergüenza, un canalla, ¡quién lo iba a pensar!, da la noticia en exclusiva a la revista.

El conde de las Seis Torres, como es natural, no puede por menos que sonreír; aunque consciente de su obligación de disimular, procura darle a su voz una entonación dramática.

—Pero ¿qué me cuentas? Mira, no me lo creo.

—Compra el *¡Hola!* en el primer quiosco y te convencerás. ¡Qué barbaridad, Federico! Voy a llamar ahora mismo a la pobre Mimí; debe de estar destrozada.

—Me parece muy bien. Adiós, querida; oye, me has dado un disgusto grandísimo. Verdaderamente, la vida es una constante sorpresa...

Amplió su sonrisa guasona, encendió un Coronas y, pensando en voz alta (aunque bajito), musitó:

—La verdad es que le han echado valor.

* * *

De acuerdo con el programa fijado por Leocadio, el marqués de Novadaya se fue a vivir al hotel Palace. Llevó sólo tres maletas, con lo más indispensable para el tiempo que duraría su exilio conyugal. Lo primero que hizo al llegar fue telefonear a su mujer.

—Cariño, te echo mucho de menos. No sé si podré resistir esta situación. ¿Te das cuenta de que no nos habíamos separado desde 1977, cuando tuve que marcharme a Inglaterra solo, porque estabas con la gripe?

—Y aprovechaste para tener un lío con una azafata.

—Mi única infidelidad, cariño. Que tú me perdonaste.

—A ver, qué remedio. No íbamos a divorciarnos por aquella tontería.

—Ahora figura que lo hemos hecho.

—No veas la que se ha armado. El teléfono es que no para; llegan visitas de continuo; he recibido docenas de cartas, incluso una de Carmina Ordóñez, que me da muchos ánimos y, como experta en materia de divorcios, se ofrece para aconsejarme. Siento decírtelo, querido, pero todos te ponen a parir.

—Supongo. Espero que la opinión pública comience a colocarse a mi favor cuando se dé la noticia de mi presunto romance con la chica del aeropuerto. Acuérdate de que nos gustó mucho en la tele...

—No te fíes. Todas ésas pierden al natural. ¿Ya la has conocido?

—Todavía no. Leocadio la traerá a las dos, para que almorcemos juntos.

—Pues buen provecho, cariño. Y muchos besos.

—Más para ti, cielo.

Con absoluta puntualidad, Leocadio llegó al Palace en compañía de Vanessa. Ya en la puerta, la muchacha tuvo que firmar varios autógrafos y aceptar el abrazo de una señora obesa, que le dijo con voz emocionada:

—¡Dios se lo pague, preciosa! ¡Lo que ha hecho usted para denunciar los atropellos de los aeropuertos nunca podremos agradecérselo bastante!

Arcediano se había vestido con un traje príncipe de Gales gris. Era consciente de que estaba pasado de moda, pero le favorecía mucho y, además, ¿por qué no?, en su actual situación quizá podía llegar a influir en las tendencias del vestuario masculino. Vanessa iba muy moderna, o sea, hecha un asco, en vaqueros, con suéter gris y zapatos deportivos, de los que usan los jugadores de baloncesto. A pesar de ello, estaba bellísima. Así que la piropeó:

—Es usted mucho más guapa todavía que en la tele. Permítame que le diga que da gozo verla.

—Jo, tío, muchas gracias, pero no te enrolles y trátame de tú. ¿O es que no vamos a liarnos, aunque sea de camelo?

—Claro, claro —medió Leocadio—. Deben acostumbrarse a tener siempre en público una total familiaridad... Bien, querido marqués, ¿qué tal aquí, en el Palace?

—Pues la verdad, así, así. Esto ya no es lo que era, ni muchísimo menos. Se nota que se lo han quedado los americanos. Fíjese: en esta hermosísima rotonda, la gente va en mangas de camisa y hasta con pantalones cortos. Una vergüenza. He pedido en el bar un dry-martini y, además de que estaba muy mal hecho, me han cobrado dos mil pesetas.

—Lo habrá puesto en la cuenta, que paga la productora...

—¡Hombre, claro! Pero estoy incómodo; todo lleno de gente hortera, cuando era esto un templo de la elegancia. Y por si algo faltara, he coincidido en el ascensor con don Jorge Pujol.

Concretaron el programa, que Leocadio traía escrito al detalle. Primero, unas fotos hechas desde lejos, porque presuntamente la pareja no sabía que la estaban retratando mientras retozaba en el pantano de Entrepeñas. Después, a los pocos días, el reportaje de la comunicación oficial del noviazgo, en un lugar tan idílico como los jardines de Aranjuez. El mismo día en que apareciese en *¡Hola!* intervendrían los dos en «Rifa caliente», como máxima atracción del programa.

—Oiga, Leocadio, ¿y el primer plazo?

—En los estudios se lo abonaré.

Por la tarde le llamó Mimí.

—Cariño, me han telefoneado de varias revistas y de unos programas de televisión. Quieren hacerme entrevistas y, por supuesto, dicen que me pagarán. Pero yo no sé si lo de tu exclusiva me lo permite...

—Hay que enterarse, porque podría ser interesante. Voy a llamar a mi abogado y te informaré.

Pedro Escudero, el abogado del marqués, es un joven letrado, ya prestigioso y respetado por sus sólidos conocimientos jurídicos. Intervino en la redacción de los contratos de exclusiva del marqués con la revista y con la productora de televisión. Su dictamen no puede resultar más rotundo:

—La exclusiva tan sólo le vincula a usted, señor marqués. La señora marquesa puede efectuar toda clase de declaraciones, con absoluta libertad, ya que resulta del todo ajena a las obligaciones que usted ha contraído.

De modo que la marquesa de Novadaya contrató una exclusiva con *Semana* por cinco millones de pesetas, consistente en contar su vida matrimonial con el marqués en cuatro capítulos, bajo el atractivo título «49 años de felicidad y una semana de dolor». También acudió en exclusiva (tres millones) a «Tómbola», el programa de Chimo Rovira que tanto le gusta y se sintió especialmente feliz al ser interrogada por Jesús Mariñas, que era su preferido en la tele. Y que estuvo muy afectuoso, muy delicado en sus preguntas. Lo mismo que sus demás compañeros, con la única excepción de Jimmy; pero ya se sabe que éste es un impertinente.

* * *

Leocadio apareció por el Palace exultante de gozo. Arcediano estaba aguardándole en el bar, bebiendo el acostumbrado martini, que esta vez sí que estaba perfecto, porque él mismo se lo había preparado.

—Querido marqués, todo está saliendo de maravilla. *¡Hola!* tuvo que sacar una segunda edición y en el programa nos colocamos en cabeza del *share*. De la relación de mayores audiencias, quiero decir. Entonces, tenemos que cargar las tintas en lo de su romance con Vanessa. He alquilado un apartamento en La Moraleja; a todos los efectos, será el nidito de amor de ustedes dos.

—¿Y tendré que dejar el hotel?

—No, no; usted seguirá viviendo aquí. Pero visitará a su amante, perdone, ya sabe lo que quiero decir, en su apartamento. Marciano, mi cámara, tomará fotografías con teleobjetivo, para que parezcan robadas a su intimidad. Siempre salen borrosas, pero gustan mucho a los lectores. A las lectoras, especialmente. Claro, en algún momento tendrán ustedes que colocarse junto a la ventana, en actitudes mimosas y escasos de ropa...

—¿Yo también?

—En realidad, la que estará en *deshabillé* será Vanessa. Usted nada más que en mangas de camisa.

Quedó caviloso Arcediano; le sacó de su ensimismamiento una voz conocida.

—¡Novadaya! ¡Pero hombre, qué alegría! ¡Con las ganas que tenía de verte!

Era Cañizares, un constructor que se había hecho rico, muy rico, vendiendo solares, levantando barrios enteros de chalets adosados y, sobre todo, edificando casas-cuartel para la Guardia Civil, en la feliz época de Roldán como director general de la Benemérita. Listo como todos los especuladores, se hizo con un importante paquete de acciones en dos bancos y así accedió a sus Consejos de Administración. Sus millones le abrieron fácilmente las puertas de la más selecta sociedad; en un cóctel, en casa de Seis Torres, conoció a Arcediano. Después habían coincidido en Puerta de Hierro...

—¡Eres el hombre de moda, querido! ¡Venga un abrazo!

Se lo dio el marqués sin ningún entusiasmo; aún estaba atrapado entre los brazos del ricachón, cuando éste, sin bajar para nada la voz, le espetó:

—¡Menuda chavala te has trajinado! ¡Y lo callado que te lo tenías, golfante...!

Leocadio se había apartado de ellos discretamente; aunque la expresión de Arcediano no respondía a los entusiasmos de Cañizares, éste continuaba con su euforia:

—¡Di que sí, que nunca es tarde para echar una canita al aire! Además, estos líos con jovencitas rejuvenecen una enormidad. ¡A mí me lo van a contar! Porque, ¿sabes?, ya tengo otra amiguita. Cubana, que es lo que se lleva. Mira, allí está: en aquella mesa.

La llamó con un gesto, a la vez que gritaba, sin ningún rebozo:

—¡Lucinda...!

Se acercó contoneándose; tenía el cuerpo grácil, felino de las mulatas, unos ojos grandes y unos labios más grandes todavía.

—Hola, cariño —saludó.

—¡Mira quién está aquí! ¿Le conoces, verdad?

—Y cómo no, señor marqués. Es usted más famoso que Antonio Banderas. ¿Le digo una cosa? De verdad, de verdad, está mucho mejor al natural que en la tele.

—Gran amigo mío —presumió Cañizares. Y dirigiéndose al marqués—: ¿Sabes lo que se me está ocurriendo? Que te vengas con nosotros, y con tu chica, naturalmente, este fin de semana a Londres. Tengo que firmar unos contratos, cosa rápida, y podemos pasarlo de locura...

Arcediano pudo finalmente meter baza en la conversación.

—Lo siento, me será imposible. Tengo un compromiso ineludible...

—Claro, ahora no darás abasto. ¡La fama, chico, la popularidad!

—Y si me permitís... Estaba con aquel señor, tratando unos asuntos...

—¡Por supuesto, marqués! ¿Vives aquí, supongo? Pues ya te llamaré un día de éstos, para que cenemos los cuatro. ¡Otro abrazo, Tenorio!

Volvió a estrujarle brutalmente contra su pecho, sacudiéndole al tiempo tiempo unas estrepitosas palmadas en la espalda. Cuando se liberó de tanto afecto, la cubana suplicó:

—Lo que va a hacer es firmarme un autógrafo. Aquí, en este pañuelo. Está sin estrenar, conste...

Era el primero que le solicitaban. Cañizares le ofreció su estilográfica, de oro de ley. Dudó unos segundos Arcediano; firmar con el título le parecía bochornoso. El nombre propio quedaba muy largo. Así que, con cierto temblor en la mano, garrapateó una rúbrica ilegible.

—¡Lo que voy a presumir con mis colegas! —celebró la mulata. Y le estampó un beso húmedo en la mejilla.

Leocadio le sacó de su abstracción.

—Tendrá que acostumbrarse a estas cosas, marqués...

—Lo siento; me da muchísima vergüenza...

—Bien, a lo que íbamos...

* * *

Como todos los días, a las diez en punto llamó a Mimí. Directamente al móvil, para evitar indiscreciones del servicio. También como todos los días, la marquesa se despertó con el tintineo del teléfono, que tanta ilusión le hacía.

—Buenos días, cariño. ¿Cómo sigues?

—Agobiada con tantas invitaciones, con tantas visitas, con tanta correspondencia. Y a pesar de todo, contenta, porque nunca pensé que las amistades iban a responderme así.

—¿Me insultan mucho?

—Lo normal. Yo quito hierro a la cosa, les digo

que nadie está libre de cometer una locura, que a tus años incluso resulta ridícula...

—¡Mujer, eso tampoco!

—Compréndelo: doy a entender que se trata de algo pasajero. Así voy preparando la noticia de la reconciliación.

—Apenas faltan quince días, cielo. Se me harán siglos.

—Y a mí. Perdona, perdona; que viene Anselmo. Corto.

Colgó Arcediano y continuó leyendo el tercer capítulo de las memorias de su mujer que venía publicando *Semana* con notable aceptación. Se llenó de nostalgia al recordar aquel crucero por el Mediterráneo, en 1975, que realizaron para celebrar las bodas de plata y que Mimí contaba, evocando incluso detalles que él ya había olvidado. ¿Y desde cuándo escribía tan bien la marquesa?

Aún no sabía que los textos eran de Tico Medina, sobre las grabaciones de sus diálogos con ella.

* * *

La última semana fue de absoluto silencio. Ya no se hablaba del presunto divorcio de los marqueses en las tertulias televisivas ni las revistas habían vuelto a ocuparse del asunto. Arcediano se aburría en el Palace y hasta echaba de menos sus paseos con Vanessa, haciendo como que huían de los fotógrafos y las horas que pasaron en el apartamento de La Moraleja, escuchando la radio o viendo fútbol en la tele.

Tenía que reconocer que la chica se portó siempre con mucha compostura, sin transgredir nunca sus obligaciones meramente profesionales. Cierto que Leocadio le permitía recibir a hurtadillas a un novio muy majo que tenía, jugador de baloncesto, dos metros de altura, melenas recogidas en el occipucio con una cinta carmesí, moreno y con ojos negros. Entraba en el apartamento por la puerta de servicio, saludaba al marqués en silencio, con un simple gesto de cabeza y se encamaba inmediatamente en la alcoba con Vanessa.

Entonces, el marqués subía el volumen de la televisión o aprovechaba para telefonear a Mimí, abstrayéndose de los gozosos gemidos que llegaban desde el tálamo. La sesión amatoria duraba alrededor de dos horas; cuando terminaba, reaparecía la pareja, sudoroso el baloncestista, ella con el rostro radiante y despeinada, se daban un beso y, cada tarde, Vanessa le comentaba lo mismo:

—¡Qué macho, marqués, qué macho!

Se despidieron como buenos amigos al darse por concluida la «Operación Sangre Azul», como Leocadio la había denominado.

—De verdad ha sido un placer conocerte —le dijo el marqués, que añadió con picardía—: ¡Lástima que no haya sido verdad!

Vanessa que, salvo en los primeros momentos, siempre le llamó de usted, sonrió:

—No diga bobadas, que está muy enamorado de su señora. Por cierto, cuando pase una temporada, me gustará conocerla.

—Para ella será un placer. Prometo llamarte, para que vengas a almorzar a casa...

Leocadio alargó más de lo previsto el final de la patraña. Tres meses habían pasado desde que comenzó; veinte días hacía que ya había dejado de ser noticia. En el bar del Palace, Arcediano firmó el finiquito con el presentador: en total, se había embolsado treinta y tres millones de pesetas. A los que habría que añadir los cuatro o cinco ganados por Mimí.

—¿De verdad no quiere que agotemos las posibilidades con la exclusiva de la reconciliación?

—Deje, deje. Ya nos encargaremos de comunicarlo privadamente a nuestras amistades. Si le soy sincero, ya estoy harto de la televisión y de las entrevistas y de los semanarios del corazón.

—Como usted quiera. En fin, le digo muy de veras que ha sido para mí un gran placer conocerles y poder servirle. Nos veremos por Puerta de Hierro, supongo...

—Eso espero.

Se estrecharon fuertemente las manos. Arcediano ya tenía listas las maletas, así que en poco tiempo estuvo en casa. El servicio, debidamente alertado por la señora, le recibió sin ninguna sorpresa, como si regresara de un viaje. Mimí le abrazó con todas sus fuerzas.

Y comenzaron a llamar por teléfono a los más íntimos.

* * *

Tenía razón Leocadio: ya nadie recordaba el presunto divorcio del marqués. Aquella semana, «Rifa caliente» recibía a la guapa cantaora flamenca Azucena Heredia, que contaba en exclusiva todo esto: que su novio, torero de postín, la había dejado embarazada. Que ella había intentado suicidarse. Que el matador, que en el fondo la quería mucho, se asustó tanto, que estaba decidido a casarse en seguida. Que le llevarían la cola del traje nupcial (blanco como la pureza misma) los dos hijos gemelos que su novio tuvo con su anterior romance.

En el contrato que Azucena había firmado con Leocadio se hacía un lote, a tanto alzado, con la exclusiva del himeneo, del bautizo de la criatura y de la posterior separación del matrimonio, prevista para dos meses después, cuando el afamado diestro hiciera las paces con su anterior pareja.

III

BODA EN MARBELLA

En el Jaguar de Leocadio, conducido por él, viajan el inseparable Marciano, con el equipo de trabajo y Vanessa. Su destino, Marbella. Motivo: asistir a la Gran Boda, así, con mayúsculas, que se celebrará dos días después y a la que están expresa y gentilmente invitados por ambos contrayentes. El novio, Pedro Pablo Jaizkibel, acaudalado hombre de negocios (algunos, inconfesables), natural de Ondarribia (antes, Fuenterrabía), presenta a sus treinta y siete años un currículum sentimental ciertamente brillante. Es su tercera boda; pero, además, deben también contabilizarse sus ocho uniones sentimentales con otras tantas parejas estables (valga la frase hecha), que tan gran prestigio le dieron entre la *jet society*.

En cambio, Corina Montánchez, conocida cariñosamente como Cori, llega por vez primera al matrimonio. En su descargo habrá que aducir que sólo tiene dieciocho años. Por lo que únicamente le dio tiempo de mantener una relación de algunos meses (íntima, se sobrentiende) con un compañero de la

Escuela de Diseño donde la enviaron sus padres, más que nada para que se distrajera. Y a fe que lo hizo.

El presentador argentino, que en privado nunca disimula sus tendencias homosexuales, conduce a buena velocidad por la autovía y la va aumentando insensiblemente a medida que crece también su indignación con su colega en la tele, el menudo, rizado y amariconado Boris Izaguirre.

—¡Por Dios, por Dios! ¿Cómo se pueden decir esas cosas? Lo habéis leído, supongo. Es una loca insensata que nos va a echar encima al público.

—Pero ¿qué diablos ha dicho, que yo no lo sé? —reconoce Vanessa.

—Pues que el fenómeno social del momento en este país es la invasión de la tele por los mariquitas.

—Y tiene razón.

—Claro. Pero no hay por qué proclamarlo a los cuatro vientos, en plan de presumir. Por si algo faltara, va y añade que los homosexuales se han convertido, bueno, nos hemos convertido en el nuevo objeto de deseo de los machos españoles. Son ganas de que se cabreen las mujeres, a las que fundamentalmente debemos el éxito de nuestros programas, y nos vuelvan la espalda.

Tercia Marciano:

—No creo. A las mujeres les caéis muy bien los sarasas, de toda la vida. Fíjate que ahora los libros que más se venden están escritos por maricas.

—De todos modos, querido, es una falta de respeto al público. Una cosa es que se nos note, a mí poco, la verdad, o incluso que se sepa, y otra muy distinta, jactarse de serlo, haciendo de menos a los heterosexuales.

—Bueno, es que hay mariquitas y mariquitas. Yo estoy deseando acostarme con un bisexual, por la cosa del morbo —reconoce Vanessa.

Y Marciano, siempre brutote:

—A mí, los que se llaman bisexuales me parecen tan maricones como los otros.

—Por si algo faltara, el estúpido de Izaguirre dice que, en el nuevo siglo, el mundo entero será completamente gay. Que hasta el hombre más varonil tendrá que convertirse, si quiere gustar a la mujer del XXI.

—Pues a mí me coge ya algo mayor para convertirme —ironiza el cámara.

Vanessa, que se ha desentendido de la cuestión y va mirando el paisaje, avisa a sus compañeros:

—Fijaos en ese letrero. «Playa nudista, a tres kilómetros.»

—Otra tontería.

—Pero puede ser divertido. No conozco ninguna. ¿Por qué no nos desviamos un momento?

Leocadio apenas se resiste:

—Vale. Andamos sobrados de tiempo...

La carretera secundaria es mala; tienen que ir despacio, hasta que llegan a una empalizada, sobre la que un rótulo anuncia: «Playa nudista.» Y debajo: «Prohibido permanecer o pasear vestidos.»

—¿Qué hacemos? —pregunta Leocadio.

A Vanessa se le ha esfumado la curiosidad.

—¡Ah, pues si hay que ponerse en cueros vivos, yo no paso! A mí no se me ve desnuda más que pagando.

—Sin embargo, ya que estamos aquí, merece la pena dar una ojeada —sugiere Marciano.

—A lo mejor encontramos tema para un programa. Hagamos una cosa; tú, Vanessa, quédate en el coche, mientras nosotros nos damos un garbeo rápido. Un cuarto de hora o así...

—Pero no tardéis más...

Se quitan sus vestidos en un pispás; a Marciano le asalta una duda:

—Oye, ¿las sandalias también estarán prohibidas?

—Supongo que no, hombre. La arena siempre quema.

Atraviesan el portalón; Marciano lleva la cámara al hombro. Un individuo flacucho, con la gorra de plato como única prenda, que estaba leyendo el diario, les pregunta:

—¿Son ustedes nuevos?

—Bueno, verá, somos de la televisión. Leocadio Couceiro, para servirle.

—¡Anda, si no le había conocido! Es que aquí, ¿sabe usted?, la gente cambia mucho cuando recobra su verdadera personalidad, sin ropas ni abalorios. ¿Piensan rodar algo?

—Quizá.

—Vengan, les llevaré hasta el señor López, que es el dueño de las instalaciones.

La playa está ocupada por varias docenas de personas desnudas, unas tumbadas tostándose, otras practicando esos juegos estúpidos que son típicos en los arenales, algunas sentadas en hamacas, con el transistor pegado al oído. El señor López debe de andar por los cien kilos mal pesados; desde la rotunda calva le descienden riadas de sudor, que recorren sus adiposidades hasta llegar al suelo. Le acompaña una mujer cincuentona, chupada, magra, con los pechos arrugados y las costillas marcándose, una a una, bajo el esmirriado tórax.

—¡Claro que le conozco! ¿Quién no le conoce, don Leocadio? —saluda alborozada la canija que, antes de que Leocadio pueda defenderse, le coloca dos besos en las mejillas.

—¿Es que quieren grabar para la tele?

—Realmente, no lo teníamos previsto. Nos llamó la atención el cartel de la carretera y quisimos conocer esto. Aunque estoy pensando que valdrá la pena volver con más calma. Se merecen ustedes un gran reportaje...

—Y que lo diga. Somos los grandes desconocidos y, por eso, los injustamente considerados...

—Hay muchos tabúes sobre el nudismo —remacha la escuchimizada.

—Hoy no podrá ser, porque tenemos que llegar a Marbella antes de las tres. Pero sí, regresaremos en plan de trabajo. ¿No te parece, Marciano?

—Bueno. Puede quedar interesante. —Observa que la pareja de nudistas va descalza, y pregunta—: Disculpen, ¿tengo que quitarme las sandalias?

—¡Oh, no, mi querido amigo! Nosotros no necesitamos calzarnos, porque ya nos hemos socarrado las plantas de los pies y la arena caliente no nos afecta. ¡Qué digo, la arena caliente! ¡Ni el fuego! Son las ventajas de regresar a la naturaleza pura, de recuperar los orígenes de la humanidad...

—Pues les veo en las fiestas de San Pedro Manrique, pasando tan campantes sobre la hoguera...

—Muy gracioso, muy gracioso. Pero no se queden aquí; daremos una vuelta...

Los nudistas que están en la playa no hacen el

menor caso de los intrusos. El señor López va informándoles, con manifiesta autocomplacencia:

—Aquello es la cafetería. Y el pequeño edificio del fondo, los apartamentos. Este verano los tenemos todos alquilados; claro que los precios son tirados, quince mil pesetas al mes. Todo fue idea mía, que practico el naturismo desde joven; incluso cuando la dictadura me desnudaba en una cala muy discreta de la Costa Brava y gozaba a pleno pulmón de la naturaleza. Porque soy catalán, ¿saben ustedes?

—Pues no tiene ningún acento...

—Es que, en realidad, nací en Alcantarilla, Murcia. Pero de pequeño, mis padres se trasladaron a Barcelona y allí siguen. Papá es taxista; se jubilará el año próximo. Quiere decirse que somos charnegos. Pero, oiga, yo *culé* hasta la muerte y entusiasta de la butifarra *amb seques*. Hasta bailo la sardana bastante bien; por cierto, que el domingo, como aquí hay algunos otros catalanes, vamos a dar un recital. ¡Lástima que no puedan asistir!

—Una verdadera lástima, sí. Será curioso verles marcar los pasos y levantar los brazos en pelota viva.

—Una hermosura, se lo digo yo. ¿Se dan cuenta del respeto con que nos tratamos? Ni una mirada equívoca, ni una broma de mal gusto. Observen, observen.

Observan. Matronas atocinadas, ideales modelos de escultura para Botero, con las ubres flácidas saltando a cada movimiento del cuerpo y la celulitis horadando los muslos. Hembras por el contrario desecadas, las piernas como palillos, los hombros estrechos resaltando el esternón. Algunos niños corretean junto al mar. Y varones grasientos, bien cebados, con las vergüenzas como colgajos blandengues y ridículos.

—Lo que veo es que no hay gente joven, señor López.

Vacila en responder. La apergaminada lo hace por él:

—Los jóvenes de ahora, ya se sabe, prefieren ir a sitios más divertidos, a ser posible con mucho vicio. No comprenden el nudismo como mensaje social, como una cultura de la naturaleza. En una palabra, se desnudan sólo para pecar.

El señor López enfatiza:

—Y aquí, de vicio, nada. Ninguna provocación sexual, ningún erotismo, ninguna intención libidinosa.

La enteca remacha:

—Jamás, al vernos desnudos, sentimos el menor mal pensamiento.

—Lo comprendo perfectamente, señora —dice Leocadio, sin dejar traslucir la guasa.

Vanessa les recriminó cuando, de vuelta al automóvil, recuperaban sus vestidos:

—Os habéis retrasado más de diez minutos. ¿Qué pasa? ¿Que ligasteis?

A los dos les entró la risa blanda.

—Querida —pudo por fin tartamudear Marciano—, desde que en el colegio de jesuitas hice ejercicios espirituales no me había sentido tan inclinado a la castidad como después de conocer a estos nudistas...

—Pero volveremos. Puede salir un reportaje fenomenal... —decide Leocadio.

* * *

La Gran Boda se celebra en el nuevo y espléndido parque marbellí que preside la estatua a tamaño natural de *Imperioso* erigida por suscripción popular. Santiago de Santiago ha reproducido con tanta fidelidad la conocida estampa del caballo predilecto de don Jesús Gil y Gil, que talmente parece que esté relinchando. Gentiles azafatas vestidas de odaliscas reciben a los invitados, que van llegando en espléndidas limusinas, esos automóviles largos y pintados de negro, que parecen coches fúnebres, pero que tanto agradan a los norteamericanos, cuyo mal gusto es histórico.

El emir Abdul Pachá Anga, sin embargo, aparca frente a la entrada del parque un minibús verde esmeralda, del que descienden, tras su señor, sus doce esposas, todas con el rostro cubierto por púdicos velos, pues sabido es lo escrupulosa que resulta su religión en materia de moral. Levanta murmullos de admiración entre el gentío que, contenido a duras penas por la policía municipal a caballo, presencia el desfile de famosos, la aparición de Rappel, que viste larga túnica dorada con las cartas del tarot bordadas en su pechera.

A Soraya, la triste princesa repudiada por su esterilidad, le quedan tan sólo los ojos verdes como reliquia de su pasada hermosura. Gunilla von Bismarck recubre el largo cuello que los cronistas aduladores llaman de cisne con un collar de esmeraldas, a juego con los ojos de Soraya, que debía lucirlo con mayor motivo, pero que, en cambio, lleva tres vueltas de perlas disimulando la sobarba. Cari Lapique y Carlos Goyanes, siempre juveniles y enamorados, van de rigurosa etiqueta, esmoquin blanco él, traje largo de seda natural, muy ceñido, ella. Y con la espalda al aire, el escote dejando ver el arranque de los pechos, corto el cabello rubio y, por lamentables razones de protocolo, falda larga que no permite admirar sus inmejorables piernas, Bárbara Rey sonríe a los flashes con sabiduría de profesional.

Y así van pasando millonarios de varias razas, artistas más o menos ilustres, algún torero libre de compromisos, periodistas del corazón (porque los novios no han querido vender la exclusiva del himeneo, ni falta que les hace), políticos de distintas tendencias. Y militares en gran uniforme. A los militares, ahora, sólo se les puede ver de uniforme en bodas, recepciones en las embajadas y en la audiencia con Su Majestad, el día de la Pascua Militar (uniforme de gala con condecoraciones) o cuando les destinan por esos mundos, en misiones humanitarias de la OTAN (uniforme de campaña). En fin, todas estas gentes, acostumbradas a festejos similares, desfilan con aburrida naturalidad, se saludan rutinariamente y toman posiciones cerca del bufet para llegar a tiempo al caviar iraní, que suele acabarse en seguida.

Quienes no disimulan su asombro, su júbilo, su fascinación, son los empleados administrativos de la empresa de Pedro Pablo, Pedrolo para los íntimos, que generosamente invitados por el novio han venido desde el País Vasco (quiero decir, Euskadi) en un vuelo chárter, durante el cual se les ofrecieron chiquitos y cazuelitas de angulas para ir abriendo boca. Y que se sienten cohibidos, quizás incómodos, al verse rodeados de tanta gente famosa, y que especialmente se aturullan al coincidir con los señores consejeros, tan circunspectos, tan elegantes. Éstos, vecinos de Neguri y de Miraconcha, dan muestras de su talante democrático al saludarles con amables sonrisas.

A Leocadio le viene estrecho el cuello de la camisa y la corbata de lazo se le monta sobre la nuez, provocándole un cierto ahogo. Hacía tiempo que no se vestía de etiqueta y no pensó en los kilos metidos en su arrabalero cuerpo desde que usaba este esmoquin para exhibirse como virtuoso del tango, en el Viejo Almacén de Buenos Aires. Marciano, por el contrario, va tan contento con el suyo, alquilado en Cornejo, previa prueba. Y Vanessa, hermosísima, con un peinado la mar de complicado, que le exigió tres horas de paciencia hasta rematarlo, el escote naturalmente generoso y el vestido con la falda abierta por los dos lados, para constancia de la esbeltez de sus muslos.

Ya está al completo la nómina de invitados. Mientras se espera la llegada de los desposados, el champán francés (nada de cava) humedece sus resecas gargantas. Los desposados se retrasan, como debe ser. Pero en esta ocasión no es culpa suya; en el ayuntamiento, donde han celebrado la insulsa ceremonia del matrimonio civil, el primer teniente de alcalde (el titular del municipio no pudo oficiar el acto, porque a última hora le llegó otra citación de la Audiencia de Madrid; cosas de la feroz persecución que padece) no encontraba el Código Civil y nadie se sabía de memoria los artículos que deben recitarse para sacralizar laicamente el enlace. Hasta que trajeron del juzgado un ejemplar de la ley y los novios dijeron que sí, que de acuerdo, y salieron hacia el parque.

Su llegada resultó triunfal; pues Pedrolo, siempre original y sorprendente, había tenido una idea genial. Nada de Rolls-Royce ni de coche de caballos ricamente enjaezados. Los recién casados aparecieron ante sus invitados pedaleando en sendas bicicletas, auténticas reliquias, verdaderas joyas del deporte español, pues con ellas ganó Miguel Indurain dos de sus Tours de Francia. Y dada su buena amistad con el novio, se las cedió gentilmente para lucirlas junto con su joven cónyuge en ocasión tan solemne. La insólita invención mereció una ovación entusiasta de los tres centenares de invitados.

La orquesta añadió otro toque de originalidad al festejo que, como había anunciado Pedrolo a sus amigos, nada tendría que ver con una boda rutinaria. Así que la marcha nupcial fue interpretada en ritmo pop, merced a un audaz arreglo del maestro Katxambarri, director de la Koral Bizkaitarra. Los huesos de Mendelsshon se estremecieron en la tumba; pero sus derechos de autor están prescritos desde hace muchos años.

* * *

Habían pasado ya por lo menos tres horas desde que los novios abrieron el baile. No con el tópico, manido, decadente, vals, sino renovando también de modo inusitado el ritual de los desposorios. Entre la general sorpresa, pronto convertida en alborozo, sustituyeron el compás del tres por cuatro por un *tzortziko*. Pedrolo tuvo que quedarse en mangas de camisa, ya que los faldones del chaqué le entorpecían los ágiles saltos y los rítmicos pasos, que sabía encadenar como el mejor de los *espatadantzaris*. Menos afortunada estuvo

Cori, a pesar de haberlo ensayado por la mañana con un profesor de Getxo (Guecho), experto en folclore vascongado (euskaldún). No obstante su buena voluntad, la recién casada se trastabilló tres veces y a la cuarta se cayó en toda su longitud y a punto estuvo de romperse la crisma. Los invitados procedentes de Euskal-Herria disculparon el traspié y la poca maña de la chica, teniendo en cuenta su origen castellano-leonés, es decir, maqueto; los oriundos del resto del Estado se rieron mucho con la costalada.

El exquisito bufet fue entrado a saco en cuanto llegó el momento; pero la esplendidez y el rumbo de los padres del novio, a cuya costa corría el convite (no en vano eran de Bilbao), habían previsto el apetito de sus convidados, de modo que las bandejas se reponían de continuo. Ni que decir tiene que en ellas se ofrecían manjares poco habituales en los banquetes nupciales. Nada de salmón ahumado de Noruega ni de timbal de langostinos congelados ni de pollo de granja en su jugo. Cocochas *(kokotxas)*, merlusita del Cantábrico, *marmitako*, angulas auténticas de Aginaga, chuletón de buey y otras especialidades euskeras, igualmente nutritivas.

Los invitados maquetos, acostumbrados a los esmirriados menús de las bodas corrientes, celebraron tantísimo el lujo gastronómico y hasta las señoras se hartaron, sin acordarse para nada de los regímenes de cada día. Ya perderían en la sauna y en el aeróbic los kilitos que metían en el cuerpo. En cuanto a los vinos, aparte del *txakoli*, el televisivo Arguiñano, responsable del festín, no tuvo reparo en aceptar la superioridad castellana en materia enológica: reservas de la Ribera del Duero.

Naturalmente, tres horas más tarde, o sea, ahora, el festejo ha entrado en la fase de relajación. Los caballeros de cierta edad desabrochan discretamente sus cinturones y, derrumbados en las sillas, fuman habanos al tiempo que miran con indisimulada codicia, entre las blancas volutas, los escotes del juvenil público femenino. Parte de éste tiene todavía ánimos para bailar rock a los sones de los Chemical Brothers y se distorsiona y se contonea y se retuerce con epiléptico frenesí. Algunas parejas, no sólo de ambos sexos, sino también del mismo, se pierden por la oscuridad de los jardines, enlazadas tiernamente por la cintura.

En una mesa se han reunido los grandes del periodismo rosa: el agudo Jesús Mariñas, la mordaz Carmen Rigalt, la cáustica María Eugenia Yagüe, el melenudo Ángel Antonio Herrera, la suave Paloma Barrientos. Y, por supuesto, nuestro querido Leocadio, que pregunta:

—¿Quiénes son aquella pareja bastante siniestra que está sentada entre Lita Trujillo y Alfonso Cabeza?

Se lo explica Carmen Rigalt, que sabe todo lo que hay que saber sobre los habituales de Marbella.

—Se hacen llamar condes de Transilvania, dicen que en otros tiempos fueron actores porno, pero hay quien sostiene que ni son actores, ni pornos, ni condes, ni transilvanos, sino unos cantamañanas que proceden de La Malagueta, donde regentaban un negocio de coquinas.

—¡Anda que la cantidad de silicona que se pasea por el parque! —comenta Mariñas—. En los pechos y en los labios, que ahí todavía se nota más. Fijaos en los de Yola Berrocal.

—Talmente parece que lleve insertadas dos salchichas de Frankfurt —ríe la Rigalt.

—La que está guapa y hasta joven es Aurora Bautista.

—Sí; el tercer estiramiento le ha sentado muy bien.

En una de las zonas menos iluminadas y, en consecuencia, de las más concurridas, la mujer de Jesualdo Argentona, de profesión banquero, se está dando un lote considerable con el apuesto ingeniero alemán Emil Konrad; en justa correspondencia, pocos metros más allá, la esposa del germano se deja magrear entre sonrisas por el banquero Jesualdo. A Romy, que así se llama y que goza de unos pechos de gran tamaño y consistencia, se la conoce entre las amistades como *la Teutona*.

Los pocos fotógrafos que aún quedan con ganas de trabajar disparan sus flashes sobre el balancín en el que un trío de guapas mozas, más o menos treintañeras, lo deben de estar pasando muy bien, a juzgar por sus risas.

—Son tres de las viudas de Espartaco Santoni —aclara Paloma.

—¿Y aquella rubia que se besuquea y se soba con Luisa del Valle, la tonadillera?

—Está casada con un marroquí que gana mucho dinero fabricando pateras en Rabat, que después alquila a través de una empresa también suya y que asegura contra el riesgo de naufragio en otra sociedad en la que participa.

—Pues por las trazas, la consorte del alauita es tan lesbiana como la cantante.

—Un poquito menos; juega a dos paños.

Un grupo de vascos se ha reunido junto a la orquesta, a la que hace callar, para entonar a coro y con estupenda afinación el *Maitexu mía* y otros aires de su país. Ajeno a la polifonía, Rappel le está leyendo la mano a Bárbara Rey; le predice que tiene el porvenir asegurado y que no debe provocar ningún otro escándalo, ya que volverá a ser feliz, tanto como realmente lo fue.

Los políticos se han agrupado juntando dos mesas, sin establecer diferencia alguna por razón de sus distintas adscripciones. Los políticos, obvio resulta recordarlo, sólo hablan de política, en constante ejercicio de su profesión. Pere Cuixa de la Vedella, diputado de CiU, está intentando convencer a sus colegas de que la autorización de las selecciones deportivas catalanas (y vascas y gallegas y extremeñas y comunitarias en general) supondría un gran bien, ya que fomentaría la unidad de los pueblos del Estado.

—Pero vamos a ver, hombre —le refuta Andrés Calatravas, senador del PSOE—, ¿te parece lógico que Cataluña juegue contra España en la Eurocopa?

—*I ara!* Claro que sí. Mira, entre otras ventajas, tendría la de que se podría escuchar en Montjuïc la Marcha Real y hasta estaría izada la bandera del Estado.

—¿Y cómo iba a resolverse el problema de que el seleccionador catalán eligiese a algún jugador, Guardiola, por ejemplo, que también estuviera seleccionado por España?

—Pues muy sencillo, *cony*. A lo Salomón, que

era un tío *molt llest*. Jugando medio tiempo con cada equipo.

—Esa trapallada se la contaré a don Manuel, porque más parece ocurrencia de un gallego —dice Alfonsiño Vieira, concejal de A (La) Coruña.

Enrique Valenzuela, diputado del Partido Popular, está como abstraído. El socialista le pincha:

—¿Qué te pasa, hombre? ¿Es que estás pensando en los ayuntamientos que perdisteis por no saber coaligaros como Dios manda? Y eso que sois católicos.

—Somos también honestos en nuestra gestión política y por eso nos repugnan los pactos antinatura que habéis suscrito vosotros. Ya lo pagaréis en las urnas, ya...

—Eso no se lo cree ni Aznar, aunque siempre lo repite. Nuestros votantes están encantados con el poder municipal que hemos adquirido. Lo mismo que los de Izquierda Unida, que se van a volcar con el PSOE. Bueno, los que quedan, que algunos son.

Aniceto Calatayud, que es de IU, protesta indignado:

—Estás muy equivocado. La línea ideológica de nuestro partido, la única todavía de izquierdas que existe en el país, será reconocida por los muchos millones de ciudadanos que no están conformes con el giro a la derecha del PSOE. Y, además, Julio prepara un golpe de efecto colosal, que nos supondrá muchísimos votos.

—Cuenta, cuenta...

—No sé si debo...

—Estamos fuera de servicio, Aniceto. *Off the record*, que se dice.

—Prometedme que no lo vais a divulgar en los medios, porque faltan por rematar unos flecos de carácter económico. Pero Julio está seguro de conseguir el dinero que hace falta, porque los comunistas de todo el mundo se volcarán con sus donativos.

—Pero ¿tú crees que aún hay muchos por ahí fuera?

—Al grano, al grano...

—Julio ha mantenido conversaciones de alto nivel en Rusia. Como sabéis, allí sigue vivo el espíritu marxista-leninista en amplios sectores de la población, que están indignados con la política burgués-capitalista de Yeltsin. Éste, en su afán por borrar todos los vestigios de los años de gobierno del pueblo, pretende cerrar el mausoleo de Lenin y enterrar su momia.

—Ya era hora, porque debe de oler —malmete el socialista.

—¡No digas herejías, que vosotros también cantáis *La Internacional* y levantáis el puño!

—Cada vez menos, desde que se murió el bueno de Rubial, que era un idealista pasado de moda.

—A lo que iba. Julio pretende conseguir la momia de Lenin, si el gobierno ruso la deja en buen precio, y traerla a España para instalarla con el debido boato en algún sitio que tenga valor histórico para el PC...

—En Paracuellos del Jarama, por ejemplo —ironiza el gallego.

—Eso no tiene ninguna gracia; parece mentira que repitas leyendas fachas. Bueno, pues esta nueva entronización del padre de la revolución soviética seguro que iba a causar un tremendo impacto en la opinión pública de izquierdas, que se volcaría con IU y recobraría sus ilusiones marxistas y peregrinaría para reverenciar a Lenin, lo mismo que la derechona peregrina a Fátima.

No hay comentarios. No los hay porque se incorpora al grupo el único político de los presentes en la Gran Boda que faltaba: Feliciano Canillejas, más conocido por *el Tránsfuga.* Lleva ya cinco cambios de partido en las tres últimas legislaturas; el más reciente le dio al PA una importante alcaldía.

Los demás le reciben con unánimes muestras de afecto y se desviven por estar simpáticos con él y le palmotean en la espalda y le dicen que está más delgado, lo que le rejuvenece y que el Numancia, que es su equipo del alma, ganará la Liga esta temporada, siempre que los árbitros no ayuden, como siempre, a los poderosos. O sea, que todos le dan coba confiando en que, llegado el momento, Feliciano pueda hacer un nuevo ejercicio de funambulismo y se les pase, con todas las consecuencias.

—Hermoso festejo ha sido éste —opina el Tránsfuga—. Y colosal el banquete.

—De todos modos, podían haber servido también un *bacallà a la llauna* —reclama Cuixa de la Vedella.

—Por cierto, Pere, ¿cómo no ha venido Rigat?

—Está muy ocupado arreglando las cuentas de la Generalitat, porque el Honorable quiere que queden transparentes, ya me entendéis. Le preocupa lo pesadito que se ha puesto Maragall con las facturas de floristería de la señora Ferrusola y otras bobadas por el estilo, como los negocietes de los chicos de Jordi.

—Ganas de incordiar —excusa el del PP—. Lo

que ocurre es que el señor Pujol es muy familiar y muy generoso.

Feliciano anuncia:

—Bueno, muchachos, pues yo me voy. Ya estoy cansado y deseando llegar al hotel para quitarme este traje y cambiarme de camisa.

—Eso se te da muy bien, hombre... —se lo dice Vieira, el gallego.

* * *

Marciano, que presenta indudables síntomas de intoxicación etílica (vamos, que tiene una cogorza importante), se acerca dando tumbos a la mesa de los periodistas, en el momento en que Mariñas está hablando:

—El que no ha venido es Carlos Larrañaga. No me extraña; ahora dice que se siente acosado por los fotógrafos, que ellos han tenido la culpa de que terminara con Isabel Prinz. Que no quiere convertirse en una segunda versión del conde Lequio.

—Los fotógrafos siempre nos llevamos la culpa de todo y algún que otro mamporro de los gorilas —tartamudea Marciano.

—Lávate la cara, que necesitas refrescarte —le regaña Leocadio.

—Tampoco he visto a Maruja Díaz.

—Pues es lástima, porque hubiéramos podido hacer un concurso de morritos con silicona y, a lo mejor, ganaba ella.

Desde la entrada llega un estrépito que acalla el ronroneo de las conversaciones y hace que todos miren hacia allá. Ángel Antonio Herrera se pone en pie e informa:

—¡Ahí va! Se ha derrumbado la marquesina de la puerta...

—Pues no sopla ningún viento.

No. Es que acaba de llegar don Luis Yáñez, sonriente a pesar de todo, sudoroso, deshecho en excusas. Busca con la mirada a los padres del novio, pues supone que los recién casados ya se habrán marchado a cumplir con sus deberes, como así es. Los distingue, les saluda con un afectuoso gesto, va hacia su mesa. El señor Jaizkibel se levanta para estrechar su mano y arrastra al hacerlo el mantel, y caen al suelo copas y botellas, manchando en su trayectoria el elegante vestido de su señora esposa.

—Perdonen el retraso, pero esta temporada vamos de cabeza con la reorganización del Ayuntamiento de Sevilla. Hemos estado reunidos hasta las tantas y, por si algo faltara, mi coche ha pinchado a la entrada de Marbella.

Disimuladamente, todos los de alrededor están cruzando los dedos o tocando madera, que dicen los entendidos que es fórmula recomendable para conjurar la gafancia.

—No se preocupe; lo que siento es que no pueda saludar a los chicos, que se han marchado hace algún rato. Pero, al menos, tomará una copa de champán...

—Claro que sí. Encantado.

Jaizkibel llama a un camarero, que resbala al pisar las botellas que están por los suelos y da varios bandazos, hasta caer justamente encima del señor Yáñez. Se separa del reputado *jettatore,* deshecho en excusas.

—Dispense, dispense, señor. —Y entonces le

reconoce y exclama con voz de susto—: ¡Ahí va, pero si es don Luis...!

—El mismo...

En un gesto profundamente democrático, Yáñez alarga su mano al empleado. El camarero busca la excusa de limpiarle la americana con la servilleta para evitar un nuevo contacto físico, que podría resultar peligroso; quizá letal.

—Traiga champán —le ordena Jaizkibel.

—En seguida, señor...

Pero el camarero, que es de Triana y cree en los gafes, le traslada el encargo a un compañero bilbilitano, temeroso de tentar demasiado al destino.

—Sin duda que la boda habrá resultado espléndida —halaga el político.

—De algo tiene que servir la experiencia, ¿no le parece? Ya es la tercera del chico que celebramos en cinco años. Esperemos que esta vez sea la definitiva.

—Seguro que sí. Lo que lamento de veras es no haberle podido dar un abrazo a su hijo, a quien tanto aprecio...

—No se preocupe; yo se lo daré de su parte. Será mejor así.

La distinguida esposa del señor Jaizkibel, con mucho disimulo, le da una patada por debajo de la mesa. Y él comprende que puede haberse excedido en la ironía; pero Yáñez no la ha captado, como es obvio.

—Bien, querido amigo, supongo que estará feliz con la recuperación de tantos ayuntamientos para el PSOE...

—Es el comienzo de nuestro regreso al poder. Se lo comentaba a Manolo Chaves la otra tarde, cuando coincidimos en la corrida del Puerto.

—Gran corrida, por cierto...

—En efecto. Fue una pena la cogida de José Tomás. Afortunadamente, un puntazo leve...

En la mesa de los periodistas hay coincidencia en levantar la sesión; no sólo porque son más de las tres de la madrugada, sino también por la llegada del elemento perturbador.

—A todas éstas, ¿dónde está Vanessa? —pregunta Leocadio a su cámara—. Hace muchísimo rato que no la he visto.

—Olvidé decírtelo. Me encargó que te avisara de que irá después al hotel. Se marchó de aquí a eso de la una y media.

—¿Que se marchó? ¿Sola?

—No, a qué santo. Con un tal Lainez, que, por cierto, es paisano tuyo.

—No me suena nada...

—Parece mentira, hombre —le recrimina la Yagüe—. Es el último fichaje del Málaga, un delantero centro procedente del Boca Juniors que ha costado una barbaridad de millones. Y que es guapísimo...

—¡Esta chica...! —se lamenta Leocadio.

Y Marciano, a quien la pítima ha hecho recrecer su natural grosero:

—Seguro que el ariete debe andar ya por el tercer gol...

IV

CONOCEMOS A JUANITA Y A PEPELÚ

El otoño ha llegado frío a Madrid. Una lluvia fina, molesta, fastidiosa, repica sobre el chalet de Puerta de Hierro y las nubes renegridas y compactas ensombrecen el cielo, tabicando el paisaje de la sierra. Algunos entusiastas hacen hoyos a despecho del aguacero, con el contenido enfado de los *caddys,* que se ponen perdidos. Pero los fervorosos del golf consideran que es así, venciendo todas las dificultades atmosféricas, como mejor demuestran su pericia con las bolas.

Más sensatos, la mayoría de los socios se han refugiado en el salón e incluso piden que les enciendan la chimenea, mientras se procuran calorías internas con el whisky. En el caso del marqués de Novadaya, con el dry-martini, que el barman de Puerta de Hierro le prepara cabalmente, Tanqueray, unas gotas, apenas unas gotas de vermut y la cebollita picante. No como aquel chapucero del Palace, de tan ingrato recuerdo.

Arcediano regresó al club justamente el día de San Miguel, 29 de septiembre. No había vuelto allí desde mayo, por los fundados motivos que conocemos. Y aunque ya pasaron varias semanas desde que dejó de ser noticia su presunto amancebamiento con Vanessa, llegó con cierto resquemor, hasta el punto de que pidió a su amigo el conde de las Seis Torres que le acompañara, para disminuir el posible efecto de su retorno.

Sin embargo, la gente de Puerta de Hierro es civilizada, tiene mundología, sabe comportarse siempre con exquisita elegancia. Algunas señoras cuchichearon al verle llegar a la terraza, pero no dejaron por eso de regalarle sus sonrisas. Los hombres estuvieron mucho más efusivos; se traslucía la admiración que en el fondo sentían por el seductor e, incluso, una cierta envidia. Aquel primer día, nadie aludió a la aventura galante del marqués; en los siguientes le gastaron tal cual broma, alguna indirecta y solamente el zafio de Cañizares, el constructor, que acababa de ser admitido como socio entre el descontento general, pero merced a la intervención de poderosas influencias —hablaban de un ministro, otros del cardenal primado—, cometió la ordinariez de decirle, como siempre, a grito pelado:

—¡Coño, qué alegría verte, marqués! Te encuentro más delgado; claro, el esfuerzo para cumplir con aquella chavala tan cojonuda que me presentaste en el Palace. Demasiada jaca para un jinete veterano, por mucha Viagra que tomases, ¿eh, cachondo...?

Los amigos de siempre le alejaron del impertinente, a quien casi todos hacían ostensiblemente el vacío; aunque no faltaran quienes le bailaban el agua, deslumbrados por su fortuna. En un aparte, el conde de las Seis Torres bromeó con el marqués, a propósito de la farsa, para llegar a conclusiones, en cierta medida, deprimentes.

—Creías que te recibirían mal y ya ves, eres casi un héroe...

—Verdaderamente, resulta curioso; quizás triste. Porque Mimí también me cuenta con cierta pena, ya sabes cómo es, que sus amigas, que al principio me pusieron verde, sin duda para quedar bien con ella, ahora le dan a entender que debe sentirse orgullosa de mí o poco menos... ¡Ah! Y su confesor le recordó aquello de la oveja descarriada que cuentan en el Evangelio para recomendarle que estuviera especialmente cariñosa conmigo.

—Está claro que en estos tiempos los sinvergüenzas tienen mucho prestigio. Que ahora se desprecia o, por lo menos, se ignora a las personas decentes, las que llamábamos normales.

—Y que lo digas. Fíjate que sólo preocupan esos que dicen marginados sociales: los homosexuales, las prostitutas, los gitanos, los drogadictos. Es decir, los que se consideraban delincuentes en la Ley de Vagos y Maleantes.

—Que, por cierto, se promulgó durante la Segunda República.

Aquel día otoñal, lluvioso y destemplado, apareció por Puerta de Hierro Leocadio Couceiro. Aunque para él ya había dejado de tener actualidad la supuesta aventurilla del marqués, no pudo evitar alguna referencia, ya que en la prensa del corazón recién aparecida se daba extensa información acerca del romance de Vanessa Torcal con el futbolista Lainez. Cuando Arcediano se quedó a solas con él, le preguntó:

—¿Esa historia está también preparada?

—¡Qué va! Esta vez es rigurosamente cierta.

—¿Y qué ha pasado con aquel baloncestista, del que Vanessa parecía tan enamorada?

—Pues ya lo ve: que la chica ha cambiado de deporte. Tampoco a éste le queda mucho tiempo; como el chaval vive en Málaga y va de un lado para otro con el equipo, Vanessa le ha encontrado recambio en Madrid, aunque sigue acostándose con él a ratos. Pero claro, cuando se entere, terminará con ella fulminantemente. Los argentinos, ¿sabe, marqués?, no toleramos que nos pongan los cuernos.

—Sí, eso se deduce de muchos tangos.

Almorzaron juntos, con Seis Torres, que, al fin y al cabo, fue el responsable de toda la patraña. Leocadio lo recordaba con agrado:

—A usted le debo aquel éxito, señor conde. Usted nos presentó aquí mismo...

—Oiga, ¿cómo está funcionando ahora lo de la folclórica y el torero? Reconozco que me he acostumbrado a su programa y no me lo pierdo ningún viernes —confesó el marqués.

—Regular. ¡Ni punto de comparación con lo suyo, por supuesto! Esa chica tiene menos tirón con la gente de lo que pensaba.

Hizo una pausa, para enfatizar después, como si explicase una lección desde la cátedra:

—Ya lo dijo Elsa Maxwell, que, como sin duda conocen ustedes, fue la pionera de este género, la gran cotilla, la mujer más temida en los Estados Unidos por todos los famosos, tanto del espectáculo, como de la política o de las finanzas. Tenía teléfono directo con ministros, estrellas y millonarios.

Todos los salones del mundo se le abrían. Ganó millones; Cartier le concedió un crédito de cinco mil dólares, de los de entonces. Vivía seis meses al año en el Waldorf de Nueva York y desde allí podía lanzar un perfume, encumbrar a un senador o hundir a la actriz que no la adulaba lo suficiente. Es el gran ejemplo para cuantos nos dedicamos a este oficio. Pues bien, Elsa aplicó al periodismo rosa una fórmula infalible: «No me hablen de cosas, háblenme de personas.»

—Muy interesante...

—Lo que ocurre es que aquí no abundan las personas con tanta fuerza, con tanta influencia social o artística, y ustedes perdonen que se lo diga. Piensen en lo que la Maxwell pudo explotar; por ejemplo, el supuesto lesbianismo de Greta Garbo. O las infidelidades conyugales del presidente Roosevelt. O la peripecia sentimental del duque de Windsor. Y compárenlo con los llamados escándalos de este país: Rociíto, Mar Flores, el conde Lequio... Es que no hay color, vamos.

Novadaya y Seis Torres seguían con interés el discurso del gran experto en periodismo del corazón.

—Por eso, al faltar personas, tenemos que inventarnos cosas. Estoy dándole vueltas a una que puede reventar el mercado...

—¿En qué consiste?

—Cuento con su discreción; que en este oficio el robo de ideas está a la orden del día...

—No faltaría más...

—Verán ustedes. Sin duda recuerdan el alboroto que se armó cuando el conde Lequio se dejó fotografiar sus partes húmedas, dicho sea con perdón, y resultó que el tamaño de su órgano es verdaderamente excepcional. Aunque yo no acabo de creerme que aquello fuese auténtico; tengo cierta experiencia en la materia y jamás conocí nada remotamente parecido. De modo que me inclino a pensar que hubo alguna manipulación, quizá un postizo muy bien colocado. Porque, la verdad, semejante cipote resulta del todo anormal, una rareza, una anomalía...

—Que perjudicó mucho el prestigio de los hombres corrientes, incluso de los mejor dotados —lamentó Seis Torres.

—A eso voy. ¿Por qué no devolver su buen nombre, su reputación, su crédito varonil a tantas personas, especialmente a tantos maridos que padecieron puyitas y guasas y velados reproches por parte de sus parejas? Pensando en esto, se me ha ocurrido presentar en la pantalla televisiva, a la vez que en el semanario que mejor pague la exclusiva, el hecho contrario, el antónimo, el reverso del monstruoso aparato genital de Lequio. ¿Captan la idea?

—No, señor.

—Quiero decir que voy a buscar por todos los rincones del país al hombre que tenga la minina más pequeña nunca vista. Y lo llevaré a «Rifa caliente» para que presuma de medidas mínimas, lo mismo que Lequio alardeó de las máximas. Y esta vez, los telespectadores varones se pondrán contentísimos y presumirán en la intimidad de sus alcobas conyugales y demostrarán a sus mujeres que tenían razón cuando les decían que lo otro no era natural, sino propio de un fenómeno de barraca de feria, como la mujer barbuda o el enano con dos cabezas. Creo que con ello haré un gran servicio a la estabilidad familiar, a la felicidad de las parejas. ¿No opinan lo mismo?

—Hombre, en cierto modo quizás sí.

Leocadio, rebosante de satisfacción, apuró de un trago la caña de cerveza. Estaba embalado, radiante, orgulloso de sí mismo. Así que siguió monopolizando la conversación.

—Aún tengo más proyectos impactantes; otro puede ser el de la publicidad en la lencería. Porque, díganme, ¿no anuncian de todo los deportistas en sus camisetas e incluso van a hacerlo los árbitros de fútbol, en sus antes severos uniformes? Pues a mí se me ha ocurrido que las muchachas que trabajan en las llamadas saunas-relax y las artistas de *striptease* y, por supuesto, las prostitutas, sorprendan a la clientela cuando, al desnudarse, lleven determinados mensajes publicitarios en el sujetador y en las bragas. De artículos adecuados al emplazamiento, claro. Por ejemplo, en el sujetador un anuncio de la leche Pascual.

—Muy original, en efecto.

—Las profesionales del sexo obtendrían así unos ingresos extra, canalizados desde la empresa que oferte la exclusiva en el mercado y de la cual, obviamente, seré propietario.

—Leocadio, reconozco que es usted un talento.

—Que tengo sensibilidad comercial, visión de futuro, intuición, sencillamente. —Encendió un cigarrillo, para continuar en seguida con su disertación—: Y lo que va a provocar el gran escándalo televisivo del nuevo siglo... No sé, no sé si debo revelarlo...

—Díganoslo tranquilo. Le prometemos nuestro silencio más absoluto. ¿Verdad, Federico?

—Palabra de honor.

—Me fío de ustedes, que son unos caballeros. Me explico. Hace varios meses, *Interviú* se marcó un gran tanto al publicar las fotografías de Mar Flores y el inevitable Lequio en la cama, cuando ella todavía andaba liada con Fernández Tapias.

—Aquello fue una indecencia.

—Pero vendió, conde, que es de lo que se trata. Lo mío confío en que todavía tenga más éxito. He localizado ya a una modelo, no les diré el nombre, que al mismo tiempo que mantiene un romance conocido con cierto financiero de postín, le engaña con su antiguo amante. Bueno, mi intención es fotografiarles también en la cama. Pero a los tres juntos.

—¡Qué barbaridad! ¡Eso resulta salaz, obsceno, yo diría que gorrino! —se irritó el conde.

—Además —adujo Novadaya—, ¿cree que los interesados, sobre todo el financiero, se prestarán a semejante porquería?

—El financiero será el menos problemático. Tan sólo necesitaré ponerme de acuerdo con él en el precio. En estas cuestiones, como en todas en general, el dinero convence a los más reacios. En fin, ¿qué le voy a contar a usted, querido marqués?

Arcediano encaja el golpe sin inmutarse. Incluso insiste:

—Acepten o no, perdóneme que le diga que ese proyecto me parece repugnante. Viene a ser la consagración de la vileza.

Federico Seis Torres remacha la censura:

—Una absoluta degradación.

—Quizás. Pero yo he traspuesto a nuestros días un conocido verso de Lope de Vega, que ahora recito así: «Si sexo pide el vulgo, es justo ofrecerle sexo, para darle gusto.»

Se abrió un silencio tenso, violento. Tras la incómoda pausa, Leocadio procuró templar el clima:

—¿Y qué les pareció el Barça-Madrid del pasado domingo...?

A pesar de sus intentos, la situación continuó tirante. Por lo que Novadaya celebró la entrada en el comedor de José Luis Trinchante, Pepelú entre los suyos, que le dio un buen pretexto para levantar la reunión, sin ni siquiera tomar una copa después del café.

—Mira quién llega, Federico. Dará gusto oírle contar su viaje a Zambia y la relación de piezas cobradas en el safari.

—Es capaz de decirnos que cazó dos rinocerontes...

Pepelú es un tolondrón, un ablandabrevas, un chirrichote; en lenguaje más cotidiano, un gilipollas. Pero semejantes títulos, que le descalifican como ser de cierta inteligencia, como ciudadano medianamente instruido, son perfectamente compatibles con su pasmosa habilidad para jugar al golf. Este personaje, incapaz de mantener una conversación sobre temas elementales de cultura general, casi ágrafo, hace maravillas con el palo entre las manos. Coloca las bolas donde quiere, lleva ganados más de veinte torneos, entre ellos el tan prestigioso Pro-Am de AKI, deslumbró en su debut en el PGA y se presenta como gran favorito para embutirse la chaqueta verde en el próximo Máster de los Estados Unidos.

Así que como ocurre con bastantes deportistas,

con los toreros, con más de una estrella de la pantalla, a las gentes, incluso a gentes con cierta categoría intelectual y alta posición social, les deleita codearse con él, fotografiarse a su lado e incluso presumir con los nietos de su amistad. Porque los nietos (y en ellos es disculpable) le admiran fervorosamente, conocen al dedillo todos sus éxitos en el *green* y le tienen como un genio de la raza, como un auténtico orgullo nacional.

Abuelos y padres de tan inocentes infantes rodean a Pepelú y le muestran su alborozo por su feliz y tan esperado regreso al club, y alguna dama es capaz de opinar, con su compañera de bridge, que el color moreno que trae de África le da mayor encanto todavía. Es de justicia reconocer que el bambarria, además de sus excelsas virtudes como golfista, es un guaperas, un varón físicamente atractivo, que lleva pendientes, larga coleta y siempre barba de dos días. Eso y las pequeñas gafas oscuras, como de vendedor de cupones de la ONCE, le convierten externamente en el ideal masculino que ahora priva.

La presencia del campeón ha revolucionado los salones del club. Hasta la señora del guardarropa, que siempre permanece en constante vigilancia de los visones encomendados a su celo, abandona un momento tan comprometido puesto de trabajo para ver de cerca al mozo. Leocadio la hace regresar entre las perchas, para entregarle la gabardina.

—Perdone, señor —se excusa la mujer—. Es que don José Luis hacía tiempo que no venía y a mí, la verdad, me gusta mucho, dicho sea con todo respeto.

—Lo comprendo, porque está buenísimo...

Una de las ventajas de Pepelú es su sobriedad coloquial. Incapaz de coordinar frases extensas, utiliza preferentemente los monosílabos, las oraciones breves.

—Bueno, campeón, ¿qué tal ha ido por aquellas tierras?

—Bien, bien.

—¿Has cazado mucho?

—Bastante.

—¿Incluso rinocerontes?

—Dos.

Federico Seis Torres le da un codazo expresivo a Novadaya, que viene a significar «ya te lo decía».

—¿Y qué planes tienes ahora?

—Estados Unidos. Torneo PGA.

Una de las señoras que con mayor embobamiento se lo mira, le pregunta con mucho cariño:

—¿Y Juanita, tu mujer? ¿Sigue tan guapa y con tan buen tipo?

—Claro.

* * *

Juanita Estremera nació en Ávila, como Teresa de Jesús; me apresuro a advertir que su única coincidencia con la santa es la comunidad de origen. Sus padres tenían dos hijos varones, y cuando ya creían haber agotado el cupo y el menor acababa de cumplir diez años, llegó la niña. Que, como sucede en tales casos, fue objeto constante de atenciones, mimos, carantoñas y zalemas. El señor Estremera había sido concejal durante el franquismo y no sólo lo cuenta, sino que se siente orgulloso de ello. Se trata, pues, de un caso anómalo de honestidad, absolutamente desusado en estos tiempos.

Tiene don Obdulio, que así se llama tan singular personaje, un ultramarinos en la capital abulense, que si en otros tiempos le supuso un buen pasar, ahora apenas le permite cubrir gastos, porque los supermercados y eso que dicen *grandes superficies* se han llevado buena parte de la clientela de los colmados tradicionales. Pero los hijos le salieron listos y trabajadores (a Dios gracias, dice siempre él) y uno se licenció en químicas y amplía estudios en unos laboratorios de los Estados Unidos, y el otro, doctor en filosofía y letras, está de catedrático en Salamanca.

Así que cuando Juanita llegó a la mayoría de edad legal, sus hermanos ya se ganaban bien la vida, y don Obdulio comenzó a plantearse la conveniencia de cerrar el establecimiento para dedicarse a la tranquila vida del hogar con su señora, doña Juana, que últimamente anda fastidiada con la artritis. Algo tenía ahorrado, no mucho (los concejales de entonces no solían robar), pero con eso y la pensión de autónomo confiaba en aguantar sin sobresaltos los años que le quedaran de vida.

Antes, sin embargo, quería que Juanita, *la niña* la llamaban siempre en casa, tuviese como sus hermanos un título, aunque fuese modesto, que le permitiera cierta independencia. La niña se parecía poco a los chicos, sí que era bastante lista, pero escasamente proclive a la laboriosidad. Quizás, pensaba don Obdulio, por culpa de la educación que le habían dado, de lo mucho que siempre le consintieron. Sin embargo, cuando le planteó la cuestión, pareció alegrarse y pidió a su padre veinticuatro horas para decidir su futuro académico.

Lo que Juanita quería saber era qué carreritas cortas, de esas que ahora abundan y lanzan al· mercado laboral profesionales de limitados conocimientos y enfática titulación, tenían que estudiarse en Madrid. Ya que su gran ilusión era vivir en la capital (antes) de España, ahora del Estado central, y alejarse de la rutina de Ávila, de sus murallas, de su catedral, del paseo por los soportales, de los cotilleos, de la iteración aburrida de los días y las semanas y los meses, siempre iguales.

Eligió los estudios de asistenta social y a su padre le pareció muy bien, pues imaginaba, en su admirable ingenuidad, que aquello debía de consistir en algo parecido a lo que hacían las chicas de la Sección Femenina, en sus tiempos de concejal por el tercio familiar. Y Juanita se marchó a Madrid a comienzos de octubre, con la promesa (que cumpliría) de visitar a sus padres muchos fines de semana; total, estaban a poco más de una hora de tren.

Se instaló en una residencia de estudiantes en el barrio de Chamberí y, en su ingenuo afán por convertirse cuanto antes en una señorita de capital, de europeizarse, se decía a sí misma, de hacerse cosmopolita, viajó continuamente en metro, fue mucho al teatro (los días de descuento), se aficionó a beber Coca-Cola light con sus compañeras de alojamiento, en los bares de la movida y visitó el museo del Prado y el Reina Sofía. Por cierto, que el *Guernica* no le gustó.

Algunas mañanas paseaba por el Retiro. Y fue precisamente allí, un sábado de diciembre, cuando su destino comenzó a cambiar. El día era frío, oscuro, inclemente. Aunque a Juanita, acostumbrada a las nieves de Ávila, semejante temperatura le parecía asaz tolerable. Había salido a la calle con impermeable y paraguas, pues el cielo estaba encapotado y nubes negras, cada vez más cerradas, anticipaban la lluvia. Además, el hombre del tiempo había asegurado en la tele, la noche anterior, que por la cosa del anticiclón no se esperaban aguaceros en la meseta. O sea, que forzosamente tenía que llover.

Y en efecto, a eso de la una comenzó a gotear, y lo que al principio era tan sólo suave sirimiri, *orballo* le dicen en Asturias, fue aumentando en intensidad hasta devenir en torrencial chaparrón. Juanita buscó refugio debajo de un viejo eucalipto, cuyas tupidas ramas dispersaban la fuerza del agua, mientras en el paseo se iban formando charcos y los truenos y los relámpagos montaban la escenografía habitual de una tormenta en regla. Allí estaba, esperando que escampara, nada inquieta por el aparato eléctrico (recordemos de nuevo su origen abulense), cuando vio llegar a un muchacho alto, moreno, en calzoncillos (llamó así al pantalón de deporte) y camiseta, con una cinta recogiéndole el pelo, que corría dando unas zancadas perfectamente acompasadas. Ella no sabía que a eso se le llama *jogging*; menos sabía que se trataba de una joven promesa del deporte español, que cada mañana se hacía tres kilómetros a buen ritmo para mantener la forma física.

El corredor buscó también refugio en el eucalipto. Sudaba y resoplaba, y entre jadeo y jadeo, le saludó con un ¡hola! rutinario. Cuando, al cabo de unos minutos, normalizó la respiración, dio muestras de su agudeza al decir, en plan original:

—¡Qué manera de llover!

(A la sazón, Pepelú ya era tonto, pero todavía hablaba bastante. Su laconismo fue posterior, como posterior iba a ser su fama. Por entonces, tan sólo apuntaba muy buena disposición para el golf, había quedado primero en un torneo de juveniles y la Federación acababa de concederle una beca para perfeccionarse en el INEF.)

Juanita, con toda lógica, le preguntó:

—Oye, y con este tiempo, ¿por qué vas medio desnudo?

—Estoy entrenándome. Soy deportista.

—¡Ah! —fue el único comentario de ella, que a poco volvió a interrogarle—: ¿En qué equipo juegas?

Para Juanita no había otro deporte que el fútbol.

—No juego al fútbol, sino al golf.

—¡Ah! —volvió a exclamar la chica, y al momento—: ¿Eso es una cosa que hacen los señores mayores en las películas americanas y que consiste en darle a una pelotita con un palo?

—Algo así.

—¿Y te divierte?

—Es mi oficio.

—¡Qué oficio tan raro! ¿Puedes vivir de él?

—Todavía no.

—Ya me extrañaba a mí...

Estornudó Pepelú.

—Menudo trancazo vas a agarrar. Espera, hagamos una cosa. Te pones mi gabardina, que yo con el paraguas ya me defiendo de la lluvia.

—¿Y no tendrás frío?

—¡Qué va! ¿No ves que soy de Ávila?

Le ayudó a ponerse el impermeable. Permanecieron callados por lo menos diez minutos, hasta que remitió la lluvia, y entonces Juanita propuso:

—Aprovechemos este clarito para marcharnos. Yo cogeré el metro ahí mismo, en la Puerta de Alcalá. ¿Tú qué haces?

—Me voy a pie; vivo cerca.

Salieron muy juntos, cobijándose los dos en el paraguas de la chica. Al llegar a la calle de O'Donnell, Pepelú salió de su mutismo:

—Yo tiro hacia la derecha. —Fue a quitarse el impermeable—. Toma. Gracias...

—No, no, quédatelo, que todavía llueve bastante. Ya me lo devolverás.

—¿Cómo?

—Pues trayéndomelo a la residencia, en Eloy Gonzalo, noventa y ocho. O, si te parece, nos citamos mañana a estas horas en alguna parte.

—Mejor.

—¿Conoces el bar Amaya, en Martínez Campos, junto al cine?

—Creo que sí.

—A la una y media. ¿Te va bien?

—Vale.

—Pues hasta mañana. Y aviva, que está otra vez lloviendo fuerte.

El muchacho le dio la mano y las gracias, como era de rigor, y ya se iba, cuando Juanita le gritó:

—¡Oye! ¿Cómo te llamas?

—Pepelú.

Y echó a correr, rítmicamente, regulando la respiración, como un auténtico especialista. Juanita le vio alejarse hacia Menéndez Pelayo y sólo se le ocurrió pensar que aquel chico era bastante soso, pero tenía las piernas muy bonitas.

* * *

Curiosamente, sus respectivas formas de ser parecían hechas para compenetrarse. Pepelú era tontorrón, y Juanita, avispada. La parquedad verbal del muchacho se compensaba con la locuacidad de la chica. A los dos les gustaba la televisión, las películas de Almodóvar y masticar palomitas mientras las veían. La política les traía tan al fresco como a toda la gente de su edad (con las excepciones de rigor); de tal modo que ni siquiera se habían planteado el tema. Y, aunque ella ignoraba todo respecto del golf, fue aficionándose e incluso acabó por entender lo del *birdie* y el *eagle* y el *drive* de más de trescientos metros que daba su novio, y su incomparable *swing*.

Pues estaba claro que se hicieron novios, después de varias semanas saliendo simplemente como amigos, que es lo que suele decirse al principio para eludir responsabilidades. Sucedió que, aunque ellos no lo advirtieran, una semejanza les aproximaba: su soledad sentimental. Juanita nunca tuvo la menor experiencia amorosa, ni siquiera esa relación inocente, virginal, que suele establecerse entre adolescentes, cuya máxima expresión se resume en entrelazar las manos y rozar los labios de soslayo, en una interpretación del beso puramente ilusoria. La diferencia de edad con sus hermanos, el trato nunca abierto con sus padres, el despego que siempre sintió por el medio en que vivía, la hicieron introvertida; como decía don Obdulio, muy suya.

Pepelú tampoco arrastraba experiencias sentimentales; ni siquiera meramente afectivas. Huérfano de padre desde muy pequeño, hijo único, su madre se volvió a casar, a los diez meses de quedarse viuda, con un ricacho del pueblo (antiguo amante suyo, decían las comadres) con el que tuvo dos hijos. Y él comenzó a sentirse extraño en la casa, que ya no era tampoco aquella donde nació, y su padrastro nunca disimulaba que le tenía como una carga molesta.

A los dieciocho años, el padrastro se lo quitó de encima, con la excusa de haberle encontrado una excelente ocupación, gracias a su amistad con un señor importante de Madrid. En realidad, no era fácil colocar al chico, que nunca fue asiduo de la escuela ni tenía maña para los trabajos manuales ni era simpático con la gente. Guapo, sí, y con buen tipo, también. Pocos méritos, sin embargo, para que nadie le eligiera entre las listas de parados del Inem.

La madre no intentó disimular su alborozo al enterarse de que iba a librarse de semejante lastre. Además, podría vanagloriarse en el pueblo de la generosidad de su actual esposo, que tanto interés se tomaba por un hijo que no era suyo y al cual incluso le había conseguido un trabajo, con lo difícil que estaba lo de emplearse. No sabía explicar qué clase de trabajo era, pero contaba que el chico viviría en Madrid, en casa de una familia muy distinguida, que además de alojarle y mantenerle, le pagaría un sueldo.

No era así exactamente. El señor tan distinguido había utilizado, poco tiempo atrás, los servicios del padrastro de Pepelú, que se dedicaba al transporte con dos Pegaso (hoy, Iveco) de su propiedad. Lo que contenían aquellos bultos que llevó desde Galicia hasta Madrid en varias ocasiones debía de ser mercancía importante y comprometida, pues no sólo le pagaron muy bien, sino que se estableció entre él y el señor tan distinguido una especie de complicidad, de secreto compartido, que justificó la prontitud con que fue atendida su petición de colocar al chico: «ya sabe, don Fabiano, es hijo del primer matrimonio de mi mujer, una calamidad de muchacho, a usted no puedo ocultárselo, pero comprenda mi responsabilidad...».

Don Fabiano acababa de construir un campo de golf en la urbanización Aires Serranos, también suya, y fiel a su compromiso con el padrastro, convirtió a Pepelú en *caddy,* lo tenía viviendo en un chamizo inmediato al *green* y le permitía compartir el menú del día con los obreros que seguían construyendo chalets adosados en el complejo urbanístico.

Todo fue bastante rápido. Resultó que el chaval le cogió afición a la bolita y comenzó a probar a solas, cuando los señores se habían marchado y, sobre todo, los días en que ninguno aparecía, pues generalmente sólo jugaban los fines de semana. Y hete aquí que Pepelú, inútil para tantas cosas, se reveló como un estupendo golfista y los señores le animaron y le apoyaron, y hasta don Fabiano se sintió mecenas, le dio de alta en la federación y presumió con sus triunfos.

Nunca olvidaría cuando por vez primera salió de Madrid, con otros dos muchachos, para participar en un torneo en Pedreña. No sólo porque ganó la copa de plata (en realidad, nada más que plateada), sino porque las bromas de mal gusto que le gastaron sus compañeros acentuaron su natural esquivo.

Pues el día en que llegaron al hotel había sobre la mesa de la habitación que compartían un cestillo con frutas, una botella de agua mineral y el tarjetón de costumbre en estos casos, que acredita la galantería del establecimiento con los clientes: «Bienvenidos. Obsequio de la casa. El director.» Mientras Pepelú se duchaba, los otros dos, a quienes el nuevo valor del golf les caía mal (también le tenían envidia), agarraron el tarjetón, lo colocaron sobre el televisor y, cuando salió del cuarto de baño, frotándose con la toalla, le dijeron muy serios:

—Fíjate qué detalle de la casa, macho. Nos regalan el televisor.

Leyó el tarjetón y se lo creyó.

—Jo, sí que es un detallazo.

—Suelen hacerlo siempre, ya te irás acostumbrando. Como nosotros llevamos algún tiempo participando en torneos de éstos, tenemos varios televisores regalados.

—Así que éste te lo puedes quedar tú —dijo el otro guasón.

Estuvieron tres días en Pedreña, ganó Pepelú el campeonato y, al marcharse, sus compañeros se le adelantaron a salir de la habitación e, incluso, haciéndose los amables, le dijeron:

—Nos llevamos tu maleta para que puedas cargar con el aparato. Cuidado no le des un golpe...

Estaban aguardando junto al entrenador, ya en la puerta. Salió del ascensor el pasmarote, con el televisor a cuestas, y pasó frente a la recepción y sonrió como despedida al conserje. Que, naturalmente, dejó el mostrador para pedirle explicaciones, y él, con gran naturalidad, le respondió que era un regalo de la dirección del hotel, y los otros se rieron a carcajada limpia cuando se descubrió el bromazo.

* * *

Tuvieron relaciones formales durante tres años. Conste que, en esta ocasión, lo de formales debe tomarse en su plena significación. Juanita defendía principios muy tradicionales sobre el noviazgo (otra vez: era de Ávila) y en ningún momento aceptó las llamadas relaciones prematrimoniales. Tampoco Pepelú era lo que se dice un fogoso, un vehemente sexual, un caliente. Obsesionado con su carrera deportiva, vivía pendiente de mantener la forma física, cuidaba su alimentación, no fumaba, bebía poco, dormía mucho. Con lo cual, las intimidades entre la pareja nunca pasaron de besuqueos, tocamientos, revolcones y demás actividades sustitutorias de la fornicación plena.

A lo largo de esos tres años, José Luis Trinchante (recordemos su verdadero nombre) fue convirtiéndose en una de las más descollantes figuras del golf español. Mejor todavía: del golf mundial. Con los primeros trofeos comenzó a ganar dinero, y como él no entendía de finanzas, Juanita se encargaba de administrárselo. En 1995 decidieron, por fin, casarse. Y surgió el primer problema: la petición de mano.

—Tendrá que ir tu madre a Ávila.

—¿Y eso es preciso?

—Hombre, es la costumbre.

—¿Y si no se hace, no vale la boda?

—Claro que vale. Pero se trata de una tradición...

—A la mierda las tradiciones. Mi madre no me importa nada; te lo he dicho muchas veces.

Así que se fueron un domingo a Ávila, donde los padres de Juanita habían estado puntualmente informados del noviazgo de la chica, aunque no conocían todavía a su cercano yerno. Su llegada causó expectación en la ciudad, ya que ese mismo día venía un extenso reportaje en el *Marca* sobre las grandes figuras del deporte patrio y allí estaba Pepelú, junto a Induráin y a Fermín Cacho y a Martín Zubero y a Estiarte y a Zubizarreta y a tantas otras glorias, entre las cuales también figuraba Severiano Ballesteros, cuyo sucesor, decía el periodista, era evidentemente José Luis Trinchante.

Aparcaron el Morris frente al antiguo ultramarinos, que don Obdulio había traspasado y ahora estaba convertido, como todos los locales que se traspasan en el país, en una hamburguesería. Sus futuros suegros recibieron a Pepelú con gran afecto, aunque su sobrio temperamento castellano no fuese proclive a las expresiones entusiásticas. El pretendiente, por su parte, procuró extremar (en lo posible en él) su amabilidad.

Doña Juana había preparado un cocido de categoría, ignorante de la estricta dieta que seguía Pepelú. Pero éste se sacrificó, en atención a su nueva familia, y hasta bebió dos vasitos de un Rioja del 90 que don Obdulio guardaba desde sus tiempos de tendero. La conversación en la sobremesa fue cordial; no hubo problema en el tema económico, pues lo principal que aportaba la niña al matrimonio era su virtud, sus buenas artes culinarias (aprendidas desde pequeña de su madre) y su belleza, dote ciertamente importante, que se completaría con el dinero de la libreta que le abrieron a los seis años, pensando precisamente en este momento. Pepelú no era codicioso, y ni siquiera preguntó cuánto había ahorrado en la libreta en cuestión.

La falta de una petición de mano en regla estaba justificada por Juanita desde días antes: huérfano de padre, su madre estaba medio inválida y no podía desplazarse. Pero don Obdulio, tan cortés, quiso interesarse por la señora.

—Una lástima lo de su madre. ¿Qué tal se encuentra?

Juanita se apresuró a evitar la presumible plancha de su novio:

—Algo mejor; pero apenas puede andar.

—¡Vaya, lo siento! Y su padre, que en paz descanse, ¿qué hacía?

—De todo. Fontanero, electricista, capador de aves, albañil. La verdad es que no me acuerdo de él; murió siendo yo tan pequeño...

—Muy doloroso, vaya que sí...

—Oí decir que lo pasó mal al acabar la guerra; que estuvo dos años en la cárcel, porque había sido sargento en la brigada de El Campesino...

Don Obdulio frenó su primer impulso, en aras de la reconciliación entre las dos Españas.

—Sí, aquella guerra fue una tragedia para todos...

A la salida, un grupo de chiquillos esperaba en la puerta. Aplaudieron a Pepelú y le pidieron autógrafos.

* * *

La boda se celebró en la catedral de Ávila. Aunque el desposado pretendió hacer el viaje de novios en el coche, Juanita se lo quitó de la cabeza. Tomaron, pues, el Talgo pendular que pasa por la ciudad a las 21.15, cenaron (o, al menos, lo intentaron) esos panachés de verduras en conserva y el pollo de plástico y los flanes de polvos que constituyen el habitual menú en los trenes, y alrededor de las once se encerraron en el coche-cama, con el nerviosismo propio de quienes se disponían a consumar el matrimonio.

Pero el Talgo pendular, como su propio nombre anticipa, se balancea de continuo y se bambolea y da tumbos. De tal forma que, cuando Pepelú quiso instalarse junto a su mujer, en la estrecha litera, un violento bandazo del tren, que estaba tomando una curva a gran velocidad, le tiró al suelo. Además, los compartimentos-cama de este prototipo ferroviario, orgullo de la industria nacional, están tan inmediatos, y tan escasa y liviana es la separación entre unos y otros, que se oyen perfectamente los ronquidos del vecino, sus cuescos y sus conversaciones. Hay que imaginar, por tanto, lo que se escucharían los gemidos y los jadeos, inevitables en el acto conyugal. Más aún, tratándose del estreno.

En vista de lo cual los recién casados optaron por dormir cada uno en su litera, dejando el desfloramiento para la llegada a La Coruña. Fue la primera decepción de Juanita en la materia; después llegarían muchas más, como iremos comprobando.

V

LA «OPERACIÓN PLAYA»

Bien asesorada por Leocadio, Vanessa alquiló un apartamento amueblado al final de la avenida de Pío XII, en una de las zonas más despejadas y cómodas de Madrid. Había terminado, como estaba previsto, su futbolístico romance con Lainez; ahora salía con un cantante venezolano. (El verbo salir, en este caso, debe ser interpretado en un sentido tan amplio como complejo.) Ni ella ni él buscaban mucho más que hacerse compañía, fotografiarse juntos en los estrenos cinematográficos y cenar casi a diario en el Asador Donostiarra, habitual punto de encuentro de los amantes de la buena mesa y de los seguidores del Real Madrid. Sin ninguna implicación sentimental ni compromiso de mutua fidelidad. Simplemente amigos, como repetían a los periodistas, que, convencidos de ello, dejaron pronto de asediarles.

«La chica del aeropuerto», extinguida ya su fama como fiscal de los retrasos aéreos, era asidua en «Rifa caliente»; pero tras varias semanas de aparecer en el programa, también comenzaba a dejar de interesar al público, que ya conocía suficientemente sus descaradas respuestas, sus insolentes actitudes y hasta todos los secretos de su espléndida anatomía. De tal modo que su descubridor y agente exclusivo se planteó la conveniencia de dar una nueva orientación a su carrera profesional. Quizás como modelo, quizás como artista de cine. O como presentadora de algún espacio musical.

En todo caso, sería necesario organizarle un nuevo escándalo, meterla otra vez en la actualidad de la prensa del corazón. Y, en cierta medida, cambiar su imagen de mera sex-symbol por otra más sólida y, en consecuencia, más duradera. Pues, en bastantes aspectos, Vanessa continuaba siendo Amparito, la guapa valenciana que deslumbraba por su belleza, pero que carecía de encanto personal, de ese atractivo que encandila a los hombres de categoría y hace más duradera (y más rentable) la relación física.

Amparito, ésta era la realidad, no estaba debidamente preparada para los ambientes selectos, no podía ofrecerse con la etiqueta de *señorita de alto standing.* Su éxito, su popularidad, le habían llegado demasiado de prisa, todo le resultó tan fácil, que pensó que no le hacía falta aprender, esmerarse, añadir a sus sobrados encantos físicos otros no menos indispensables para triunfar debidamente. De ahí que sus romances vinieran siendo de tan bajo nivel: el pivot, el delantero centro, el cantante. Siendo así que la resonancia alcanzada por la falsa aventura con el marqués debió propiciarle otras oportunidades, esta vez auténticas, con personas de la misma categoría, de las que pudiera conseguir mucho más que una noche apasionada, por bien retribuida que estuviese.

Dándole vueltas al problema, convencido de que Vanessa tenía un porvenir brillante, si remediaba sus carencias (y no le faltaba ambición para lograrlo), Leocadio se acordó de su buena amiga Kika. Había sido también presentadora de televisión, fugaz actriz de la pantalla, modelo de Versacce. Por supuesto bella, pero, sobre todo, con mucha clase. Después de varios devaneos, siempre con hombres de alta condición, enamoró tan profundamente a Rafael de la Peña, uno de los más importantes financieros de España, que llevaban juntos ocho años, en una relación consolidada, tal que si fuera un matrimonio canónico de los de antes.

A Kika le divirtió la propuesta de Leocadio: pulir a Vanessa; enseñarle a alternar con suficiencia, sin complejos, en los altos estratos de la sociedad; adoctrinarla en el secreto de la seducción de gran estilo.

—O sea, que quieres convertirme en Pigmalión...

—¿Verdad que te apetece? Tienes tiempo de sobra; será para ti un entretenimiento.

—Sí, puede resultar distraído.

—A la chica ya la conoces. Una auténtica belleza, con un cuerpo espléndido y mucha fogosidad.

Se lo decía, sabedor de que Kika, si se terciaba, tampoco le hacía ascos al sexo propio.

—Pues, nada; de acuerdo.

Almorzaron los tres en el apartamento de Vanessa, un menú traído de Lhardy, ya que que no iba la chica a meterse en la cocina. Entre otras razones estéticas, porque lo único que sabía hacer discretamente era la paella; pero aquí no tenía leña, ni la verdura *(garrofó)*, ni caracoles, ni tampoco el agua era la misma que en su pueblo. Todo lo cual resultaba cierto, aunque ella lo usó como pretexto para no tenerse que poner el delantal.

—Si vamos algún día por La Pobla de Farnals, allí sí que podré hacerte una paella como nunca habrás comido.

—Espero que me invites. Y no te preocupes: el consomé de Lhardy y la lubina y el *soufflé* siempre me han encantado.

Leocadio se fue después del café. Ellas pasaron a la salita, se sentaron en el sofá, la una al lado de la otra y la catecúmena ofreció un cigarrillo a la maestra de costumbres.

—No; prefiero un habano. ¿Quieres tú?

—Gracias; nunca he fumado puros.

—Cuando te acostumbres, lo encontrarás delicioso.

Encendió con cuidado un Sancho Panza, como debe ser, con cerillas de madera, haciendo girar lentamente el cigarro para que la brasa se repartiera por igual, soplándola antes de dar la primera chupada a fondo.

—No sé si Leocadio, ¡qué gran persona, por cierto!, te ha contado algo sobre mí. —Vanessa dijo que no con la cabeza—. Pues no te vendrá mal saberlo, digamos como primera lección.

—Perdona, antes de que sigas, ¿un coñac?

Kika la reprendió con energía:

—¡Nunca bebas coñac ni lo ofrezcas! Es bronco, espeso, rudo, propio de legionarios que van a entrar en combate. Sus borracheras resultan horrorosas. Si acaso, un Armagnac, pero de reserva.

—De eso no tengo.

—No te preocupes, mejor que no bebamos nada. Bien, yo acabo de cumplir cuarenta años... No lo digas, gracias; ya sé que no los aparento. Cuando tenía veinte me vine a Madrid desde Ciudad Real y empecé de vicetiple en aquellas revistas musicales que García de la Vega realizaba para la televisión, entonces en blanco y negro. Y que tuvieron mucho éxito. Procuré hacer amistad con el productor del programa, ya supondrás hasta qué punto, y me ascendió a presentadora. También gracias a que un crítico de cine muy temido por los empresarios se encaprichó de mí y yo le di carrete, conseguí intervenir en dos películas, por cierto malísimas, en unos papeles bastante importantes. Pero aquello no me iba, comprendí que no servía para actriz y tuve la suerte de que, por entonces, otro buen amigo mío, italiano y muy majo, me ofreciera pasar modelos con Versacce.

—¡Qué estupendo!

—Te diré. Yendo por partes: la televisión. Te da una popularidad enorme, incluso cierta fama; pero efímera. Piensa en aquel loco travestido que llamaban La Veneno o en el mismo padre Apeles. Unos meses barriendo audiencias y ahora nadie se acuerda ya de ellos.

—Es verdad; no había caído.

—Así que la tele sirve como trampolín. A veces, para el cine. Pero querida, actriz de cine no puede serlo cualquiera, aunque tenga un cuerpo precioso y una cara bellísima. El oficio de actriz es muy serio, requiere condiciones y estudio y mucha vocación. Volvamos a los ejemplos: en su mejor momento, la princesa Soraya hizo una película en Italia y fue un fracaso. Lo mismo le ocurrió hace bien poco aquí a Mar Flores.

Vanessa le escuchaba auténticamente embelesada.

—Lo de trabajar como modelo ya es distinto. Hace falta mucha clase, porque no creas que todas las mujeres pueden lucir debidamente un vestido. Está bastante bien pagado. Pero tampoco dura demasiado tiempo; eso sí, te relacionas con la mejor sociedad. Yo conocí a Rafa en un desfile...

—¿Rafa es tu novio?

—No, rica; mucho más. Quítate de la cabeza cuanto antes la idea del novio guaperas, con el que te lías una temporada y, después, si te he visto no me acuerdo. Rafa está casado, tiene tres hijos y muchos millones. Me lleva doce años; por arriba, claro. Y físicamente está muy bien. Pero eso no es lo más importante; se trata de todo un señor, elegante, culto, muy bien relacionado, generoso. Desde el primer día comprendí que reunía todas las condiciones del amante ideal. Así que fui a por él.

—¿Y cómo lo conseguiste?

—Cuando te das cuenta de que le gustas físicamente a un hombre, enamorarle no resulta difícil. Antes que nada, debes demorar tu entrega; a la mujer fácil nunca se la valora. Cuando ya le has satisfecho en la cama, tienes que convencerle de que es el mejor amante que jamás conociste. Una vez estabilizada la relación sexual, en la que nunca rechazarás ninguno de sus caprichos, llega la fase más importante, la decisiva para amarrarle.

—¿En qué consiste?

—En amoldarte a sus aficiones, en darle siempre la razón, en elogiar su talento y su capacidad de trabajo y sus conocimientos. A la larga, los hombres agradecen mucho más los halagos a su vanidad que el mismísimo placer erótico. ¡Ah, muy importante! Como, inevitablemente, alguna vez serán infieles, si lo hacen con discreción, aunque te enteres, que siempre te enteras, porque para eso están las amigas del alma, haz como que no sabes nada. Procura, eso sí, mostrarte más apasionada que nunca en la cama. Y si te pone los cuernos sin guardar las formas, enójate, llora un poco, hazle consideraciones sentimentales. Nada de gritos ni de histerias ni de escenas de celos. Resultan contraproducentes.

—¡Ah, caramba! ¡Lo que sabes...!

—Bueno, pues lo cierto es que yo llevaba casi cuatro años con Rafa, lo pasábamos muy bien, incluso estaba enamorándome de él, de modo y manera que quise consolidar nuestra relación. Te imaginarás cómo...

—¿Cómo?

—Quedándome embarazada. Con una persona como Rafa, todo un caballero, no podía fallar. Pasados los primeros momentos de estupor, de cierta confusión, aceptó encantado que le diera un hijo. Claro, los suyos ya eran mayores, se le distanciaban, la chica acababa de casarse. Tener en brazos a un crío recién nacido le llenó de júbilo; porque se sentía rejuvenecido, lleno de ilusiones nuevas...

—Eso lo comprendo.

—Total; me cambié del apartamento a un piso precioso, en el barrio de Salamanca; nuestra unión se hizo más firme, más segura, porque teníamos al niño como vínculo, como sólida ligadura. Rafa rompió los prejuicios que le quedaban y me metió en su ambiente, sin ningún reparo. Era ya como su esposa; y como tal viajé por el mundo y estuve en fiestas y conocí a la mejor sociedad...

—Pero su mujer legítima...

—Es de esas que por nada renunciarían a sus comodidades, a sus tertulias aburridas, a su veraneo en Biarritz, a navegar en su barco, aunque no sabe nadar, y a que todo el mundo la agasaje y le haga el rendibú, pese a estar al cabo de la calle de su situación. Claro, ella se justifica con sus íntimos diciendo que sigue enamorada de su marido. Y a lo mejor es verdad.

—De todas formas, lo natural es que Rafa se hubiese divorciado...

—¿Para qué? Ya te dije que es muy señor; sería hacerle un feo a su mujer, privarla de su justísimo derecho a llamarse «señora De la Peña» y, por muy generoso que fuera, que lo es, perjudicarla económicamente. Como el dinero le sobra, a mí me ha asegurado con creces la vejez. Aunque si te soy sincera, creo que para entonces seguiremos juntos...

Vanessa estaba absorta, pasmada. Comprendió de golpe lo mucho que le quedaba por aprender, lo compleja que es la vida, esa vida que creyó dominar.

—Kika, me tienes embobada. ¿De verdad vas a ser tan buena que seguirás enseñándome muchas cosas?

—Claro que sí. Estoy segura de que serás una alumna aprovechada...

Eran cerca de las seis.

—Dentro de nada me tendré que marchar. He

quedado con Rafa a las ocho, para ir al Real. Esta noche canta Plácido Domingo. ¿Te gusta la ópera?

—No he estado nunca.

—¿Y la música sinfónica?

—Yo de música, pues lo normal, Prince, Michael Jackson, los Jungle Brothers, y de los antiguos, Elvis Presley, naturalmente. Bueno, y Rocío Jurado, que me entusiasma.

—Hijita, tendrás que aplicarte mucho. ¿Qué vas a hacer ahora?

—Darme una ducha en cuanto te vayas.

—¿Quieres que te ayude a enjabonarte la espalda? Me da tiempo.

—Por mí, encantada.

Fueron al cuarto de baño. Se desnudó Vanessa; Kika se quedó en bragas. Enjabonaba con mucha suavidad, tenía un tacto delicado, acariciador, pensó Vanessa. En efecto; acariciaba tan bien que su primera lección se extendió hasta temas igualmente desconocidos para ella, primero sorprendida, después entregada.

O sea, que en cuanto a enseñanzas, la tarde resultó muy completa.

* * *

Cuando llegó a la oficina, Anita, su secretaria, le dijo con cierto nerviosismo:

—Han telefoneado de la ejecutiva del PSOE. Dijeron que era urgente.

—¿Qué querían?

—No sé. Dejaron este teléfono para que les llames y preguntes por el señor Palomino.

Lo hizo al momento. Lógicamente dominada

por la curiosidad, Anita aguzó el oído, pero no sacó nada en limpio.

—¿Señor Palomino? Soy Couceiro... Sí, por supuesto... Ya imagino... Claro, claro... Lo comprendo; pienso que sí... De acuerdo: ahora mismo salgo.

Y salió en seguida y tomó el metro, para llegar antes y ahorrarse el problema de buscar aparcamiento en la calle de Ferraz y cruzó con energía (y con el pie derecho) la puerta de la sede del Partido Socialista Obrero Español, sobre la que luce esplendoroso el logotipo de la rosa y el puño; la rosa puñetera, que dicen los fachas. Sabido es que en aquella misma casa vivió Pablo Iglesias, el fundador, el benemérito patriarca del socialismo español, aquel gran demócrata que una mañana, siendo diputado, dijo en el Congreso que contra el señor Maura valía todo, incluso el atentado personal.

Palomino le recibió en un despacho pequeño, modesto, muy en la línea de sobriedad del partido. De una habitación contigua llegaban murmullos de conversación y algún que otro taco, dicho en alta voz.

—Es que está reunida la Ejecutiva —aclaró el anfitrión—. Bien, al grano. Conocemos y hasta seguimos con gusto su programa en la televisión. A propósito, tenemos que agradecerle que siempre lleve, para las actuaciones musicales, a artistas simpatizantes con el PSOE...

—Para ser justo, debo decirle que me los recomiendan con gran empeño desde la dirección de TVE.

—¡Estos populares son unos lilas! —comentó Palomino, haciendo un expresivo gesto de manos, a lo napolitano—. También sabemos que es usted un experto en organizar escándalos... Sí, no sea modesto; se lo digo en plan admirativo. Aquello del marqués le salió bordado. Por cierto, ¿fue un montaje?

—Perdóneme, pero el secreto profesional...

—Ya veo que sí. Mejor que mejor. Porque necesitamos que nos organice una buena escandalera, implicando en ella a un adversario político, cuyo nombre todavía no hemos decidido...

Leocadio se removió inquieto en el asiento.

—Eso que me propone lo encuentro muy arriesgado. Podría ser un delito de calumnia...

—Todo está previsto. Tendrá a su disposición a nuestros abogados, que son excelentes. Depositaríamos, en su caso, las fianzas precisas. Aunque esté tranquilo: no habrá ocasión. Es notorio que tenemos bien colocadas nuestras piezas en los órganos judiciales y siempre nos responden.

—¿Y si le toca a Garzón?

—Descuide; bastante tiene con ocuparse de Pinochet. Pero tampoco le llegaría el caso. Ya sabe: las querellas se reparten y en eso del reparto también podemos influir.

—Como Gil y Gil, o sea...

—Un excelente amigo, del que hemos aprendido bastante. Sigo. Nuestra idea es que ese adversario político, que en su momento determinaremos, sea sorprendido en actitud comprometida con alguna señorita, ¿me comprende? Y que las fotos o las grabaciones se difundan en las revistas del corazón y en su programa.

—Me sigue pareciendo peligroso. Piense usted que...

Sonó un timbre.

—Perdone. Me llaman de la reunión.

Salió presuroso, para regresar a los pocos minutos.

—Hemos de suspender la conversación. El compañero Borrell se ha opuesto al proyecto que había planteado Ciscar. No le extrañe; como debe conocer, en el partido actuamos siempre dentro de unas coordenadas estrictamente democráticas. ¿Hace un whisquito?

—No, muchas gracias.

Hablaron del frío que estaba haciendo, de lo guapa que había salido Ana Belén en el programa, y Palomino se interesó por lo que cobraba, si es que podía decírselo, por supuesto. Sonó otra vez el timbre. Y se marchó Palomino y volvió casi en seguida.

—Resuelto. Aunque Almunia tampoco estaba muy decidido, ha prevalecido el criterio de Dios. De Felipe, quiero decir. En seguida que él opinó, el proyecto se ha aprobado por unanimidad. Así que usted me dirá...

Leocadio se lo pensó durante unos minutos.

—Antes que nada, le advierto que el montaje de todo el asunto saldrá caro...

—Ya lo suponíamos; así que le hemos destinado unos millones, espero que más que suficientes, detraídos del remanente de la cuenta Filesa, que estamos dedicando a gastos promocionales y de propaganda extra.

—O sea, que se trataría de que una señorita apareciera coqueteando con un político. Una señorita conocida, claro. Lo más conocida posible.

—Exacto.

Pensó inmediatamente en Vanessa: le estaban ofreciendo la posibilidad de devolverla a la más clamorosa popularidad.

—¿Y quién sería el presunto galanteador?

—Se está discutiendo en este momento. Puedo anticiparle dos nombres: el señor Arenas, propuesto por la compañera Matilde Fernández, o el señor Pujol, que es el candidato que recomienda desde Barcelona Pascual Maragall.

—Lo de Arenas resultaría más creíble. Ahora, lo del señor Pujol dándose el lote con una buena moza podría ser espectacular.

Otra vez el timbre. Nueva ausencia del incansable Palomino, nuevo regreso al poco tiempo.

—Aunque los criterios estaban muy divididos, incluso tercamente enfrentados, se acordó por unanimidad, en cuanto Felipe dio su opinión, que sea Arenas. Así que ya lo sabe. Un detalle importante: el escándalo debe estallar antes de final de mes.

—Faltan apenas tres semanas. Algo escaso el tiempo que me dan. En fin; deje que lo madure, que diseñe la operación, que prepare el presupuesto y, si le parece, mañana a estas horas volveré con la propuesta definitiva.

—Estupendo. Finalmente, una advertencia importantísima: el más absoluto secreto. Comprenderá que se trata de la condición básica.

—Mi querido amigo, en este oficio la discreción, la reserva, la confidencialidad, son siempre norma elemental de nuestro trabajo. Con mayor motivo, en un caso tan delicado...

—Es de suponer que los del PP movilizarán todos sus recursos para intentar demostrar la superchería. No nos preocupa; siempre se quedan a mitad de camino, porque están llenos de escrúpulos democráticos. Sin embargo, en esta ocasión no hay que descartar que apelen al soborno para llegar al fondo del tema.

Leocadio hizo un gesto para tranquilizar a su interlocutor; prosiguió éste:

—Quede claro, y en esto el partido compromete su palabra de honor, que si le ofrecen una cantidad, por alta que sea, nosotros la doblaremos...

Estrecharon sus manos entre sonrisas.

—Hasta mañana, entonces.

* * *

Apenas llegó a la oficina, ordenó a Anita:

—Entérate si el Partido Popular tiene previsto algún acto público en los próximos diez días. Y cierra la puerta y no me molestes ni me pases ninguna llamada. Cuando sea tu hora, márchate sin necesidad de despedirte...

Comenzó a pasear por el despacho, deteniéndose de trecho en trecho y aprovechando las paradas para agarrarse con la mano su oreja derecha y darle unos suaves estironcitos, como hacía Humphrey Bogart; era su costumbre cuando tenía que meditar sobre algo importante. Al cabo de casi media hora se sentó a la mesa, tomó unas cuartillas y dibujó varios cuadros sinópticos. Con gesto satisfecho, volvió a ponerse en pie, agarró el teléfono y habló con Marciano.

—Vente en seguida.

—Oye, que estoy medio en pelotas...

—Pues te vistes y agarras un taxi.

—Pero es que la chavala que está conmigo ya se ha desnudado del todo.

—Me tiene sin cuidado; es urgente.

Veinte minutos después aparecía el cámara, con gesto enfurruñado.

—¡Menuda faena me has hecho!

—El deber antes que nada, ya sabes mi lema profesional. Vamos a ver: si se hace una foto de una persona, mejor dicho, de dos, que estén muy juntas, pero rodeadas de gente, ¿es posible borrar a los acompañantes para que parezca que estaban solos?

—Eso está chupado, tío. Y más ahora, con los ordenadores, que hacen maravillas.

—Y si el fondo real es, por ejemplo, un edificio, ¿puede cambiarse por otro, que sé yo, un jardín?

—Claro que sí. Sin problema.

Se rascó la cabeza, en otro gesto también muy suyo cuando estaba concentrado.

—O sea, que con las fotos no hay problema. Pero, ¿y en una grabación de vídeo?

—Ahí ya no. Hombre, no te digo que no pudiera hacerse; pero resultaría más complicado, llevaría mucho tiempo y no sé cómo quedarían las imágenes...

—Vale. Pues muchas gracias, Marciano. ¡Hale!, ya puedes volverte a tu piso y continuar con la función.

—Eso quisiera. Pero la protagonista se marchó con un cabreo considerable.

Al día siguiente, Leocadio quedó con Vanessa para almorzar en su apartamento.

—No te preocupes, que yo llevaré la comida

—la tranquilizó—. Es que tengo que hablarte de un asunto importante.

Era mejor, pensó, no darle explicaciones a la chica. Que no conociese todavía la trascendencia que iba a tener su participación en la «Operación Playa», como había designado al chantaje a Javier Arenas. Ya se lo contaría todo en el momento oportuno; por cierto, que estaba rumiando si, una vez realizado, no convendría alejarla unos días de Madrid, antes de que reventara el escándalo.

—Mira, es una cosa muy sencilla, pero tienes que fijarte bien y cumplir todas mis instrucciones al pie de la letra.

—Tú dirás —aceptó Vanessa, mientras demostraba la eficacia de las enseñanzas de Kika, pelando los langostinos con el tenedor y la pala de pescado.

—Conoces a Javier Arenas, supongo...

—De fotografía. Y de verle en los telediarios. Un político importante, ¿no? De los más guapos. Por eso imagino que debe de ser de izquierdas.

—No exactamente. Pero da lo mismo; el martes de la semana que viene, a las seis de la tarde, tiene que dar una charla en la sede de las juventudes femeninas del PP. Allí estarás tú...

—¡Jo, vaya coñazo!

—Tendrás que aguantarlo. Esperar que termine, que la gente vaya marchándose y que él salga a la calle. Entonces...

* * *

Arenas estuvo, como siempre, simpático, lúcido y brillante en su charla. Las militantes populares le aplaudieron fervorosamente y hasta Vanessa, que, cumpliendo las instrucciones de Leocadio, se había sentado en el pasillo de la última fila, junto a la puerta, lo pasó bastante bien, aunque no acabase de entender muchas de las frases dichas por el secretario general del PP.

Terminó el acto, algunas entusiastas se acercaron al atril para estrechar con unción la mano de Javier y la mayoría fue abandonando el local. El conferenciante descendió del podio y, acompañado por dos muchachas, comenzó a caminar por el pasillo, hacia la puerta de salida. En cuanto pasó por su lado, Vanessa se colocó detrás de él y así anduvo, hasta llegar a la calle.

Todavía algunas jóvenes se esforzaban por saludar al atractivo político, mientras los guardaespaldas vigilaban y el chófer abría la puerta del automóvil. Entonces, Vanessa, con un bloc y un bolígrafo en la mano, llegó junto a Javier y, con su más inocente sonrisa, suplicó:

—Un autógrafo, por favor.

Garrapateó Arenas un garabato, se quedó mirando a la presunta admiradora y comentó:

—¿De qué me suena tu cara?

Vanessa se agarró de su brazo con gran naturalidad y le aclaró:

—Seguramente de la televisión. Soy Vanessa Torcal.

—¡Ah, sí, claro! Pues he tenido mucho gusto...

Se desasió de ella y le ofreció la mano, pero la chica se abalanzó sobre él y le dio un beso largo, largo, en la mejilla derecha y otro de igual duración en la izquierda y las cuatro o cinco militantes que estaban cerca aplaudieron entre risas y Arenas se despidió levantando los brazos y entró en el coche, sin que le llamasen la atención —estaba habituado— los repetidos flashes que habían iluminado el atardecer con sus fogonazos.

Marciano agotó el carrete de su mejor cámara japonesa.

* * *

Hizo una labor perfecta. Y el trucaje quedó impecable. En unas fotos, sobre un fondo de matorrales, que daban la sensación de soledad, de aislamiento, Vanessa aparecía muy agarrada del brazo del político. En otras, le besaba con fuerza en una mejilla y en la contraria y, efectivamente, la impresión de realidad resultaba admirable. Para aumentar el efecto, Marciano las había difuminado, con lo que daban la sensación de estar hechas a cierta distancia, quizás con teleobjetivo, desde luego con cámara oculta. Lo mismo que aquellas del padre Apeles con su presunto ligue, que tanto dieron que hablar.

Palomino no pudo evitar un grito de júbilo cuando Leocadio extendió la colección sobre la mesa de su austero despacho.

—¡Espléndidas! ¡Fenomenales! ¡Parece increíble! ¿Cómo lo ha conseguido?

—Profesionalidad, sencillamente. ¡Ah! Los negativos han sido destruidos; comprenderá que con ellos podría demostrarse la posterior manipulación. Pero le traigo tres colecciones completas. Yo me he quedado con otras dos. Muy importante: hasta que mañana, viernes, no las proyecte en «Rifa caliente», como aliciente máximo del programa, nadie puede difundirlas. Está aceptado por ustedes en nuestro contrato verbal entre caballeros, porque, naturalmente, no íbamos a ponerlo por escrito.

—No tenga ningún cuidado. También mañana por la tarde las enviaremos a *El País*; sin duda, aparecerán en la primera página del número del sábado.

—Bien, yo ya he cumplido.

Y al tiempo que lo decía, abrió la maleta Samsonite que previsoramente llevaba consigo. Palomino, sin decir palabra, salió un momento, para regresar con una caja llena de fajos de billetes de diez mil, que fue trasvasando al maletín. Al terminar, dijo:

—Nosotros también cumplimos. ¿Quiere contarlos?

—No, por favor.

Palomino le estrechó calurosamente entre sus brazos.

—Muchas gracias, querido amigo.

—No tendré que recordarle su compromiso de inmediata ayuda si surge algún problema de tipo legal.

—Naturalmente que no. Estaremos por entero a su disposición.

Marciano le esperaba en el coche, a la puerta de la sede: los servicios de seguridad habían recibido instrucciones de permitirle aparcar en la zona reservada.

—Todo en orden. Pitando a la oficina...

Vanessa, previamente citada, les estaba aguardando. Leocadio contó —ahora, sí— el dinero, entregó a Marciano su parte, y a Vanessa, la suya, y el resto lo guardó en la caja fuerte. A la chica le extrañó semejante generosidad.

—Explícame esto, que no lo entiendo. ¿Tanta tela por pedirle un autógrafo al político guapo?

—Siéntate, maja. Y atiende...

Al principio se indignó. Después dijo, a gritos, que a ella no le tomaba el pelo nadie y que aquello que le habían hecho era una cabronada. Cuando Leocadio le argumentó que nuevamente iba a convertirse en la gran protagonista de la actualidad moderó su enfado, muy decrecido al improvisar Couceiro una frase feliz:

—Si «la chica del aeropuerto» fue noticia en toda España, «la chica de Arenas» lo será en todo el mundo.

—Pero habéis hecho trampa, eso es una estafa, nos llevarán a la cárcel...

—Tranquila; no pasará nada. Pero si algo ocurriera, tú quedarás fuera de toda responsabilidad, porque diríamos, y es verdad, que ignorabas el montaje...

Pareció tranquilizarse.

—De todos modos, para evitar que los medios de comunicación vayan detrás de ti y te mareen y no te dejen tranquila un momento, he pensado que te marches mañana mismo fuera de Madrid. O mejor, de España. ¿Dónde te apetecería?

—A Cuba.

—Mujer, un poco lejos. ¿Hace París?

—Tampoco lo conozco; vale. —Recordó al pronto—: Oye, pero mañana he quedado con Kika en acompañarla, a ella y a Rafael, a una cacería que han organizado en su finca. Me hace mucha ilusión, porque nunca he estado en un festejo de esos.

—No hay problema. Hasta la noche no se armará el follón. Hablaré con Kika para que alguien te lleve directamente al aeropuerto, cuando termine la cacería. Marciano te entregará los billetes y la reserva de hotel.

Todavía insistió en sus temores:

—¿De verdad, de verdad que no me pasará nada?

—Que te digo que no te preocupes, mujer...

* * *

El primer partido de la oposición pidió la comparecencia en el Congreso de Javier Arenas, para que explicara a los señores diputados y al país entero el alcance de sus relaciones, al parecer íntimas, con la conocida estrella televisiva Vanessa Torcal y, muy especialmente, si el coste de dichas relaciones, sin duda elevado, lo sufragaba con su propio peculio o con cargo al presupuesto del partido, que a su vez se nutría mayormente de los Presupuestos Generales del Estado.

En reunión de urgencia, la directiva del Partido Popular planteó la conveniencia de oponerse a la petición socialista, que se consideraba improcedente. Pero el interesado, cuya indignación por lo sucedido puede suponerse, tuvo especial interés en dar toda clase de explicaciones a la Cámara, al tiempo que requería a los servicios jurídicos del partido para que con toda urgencia iniciaran las correspondientes acciones legales.

Con su habitual despliegue de medios, el PSOE acaparó prensa, radios y espacios televisivos (incluidas TV-1 y TV-2, teóricamente gubernamentales) para clamar contra el ejemplo de frivolidad, más aún, de inmoralidad, que había dado al mundo entero el secretario general del partido del señor Aznar, el cual era reflejo fiel de la corrupción que invadía todos los estamentos de los populares.

Aznar mantuvo una conversación privada con Javier Arenas, en presencia de Álvarez Cascos. En ningún momento había dudado de la inocencia de su secretario general, aunque resultaba indudable la cínica explotación que los socialistas estaban haciendo de la manipulación fotográfica. Su víctima estaba dispuesta a responder a sus ataques con el mismo idioma:

—Porque esto que han montado es una absoluta patraña, una inmensa canallada. Y no puedo tolerar que me quieran dar lecciones de moral y buena conducta, cuando todos sabemos que muchos de ellos sí que son unos sinvergüenzas y unos licenciosos. Así que he encargado que me preparen un dossier sobre las intimidades de un puñado de socialistas, comenzando por el Guerra.

—Se lo merecen —comentó Cascos—. Yo también estoy harto de callar muchas cosas y de tragar sin réplica todo lo que montaron sobre el lino y la buena de Loyola, cuando nosotros podíamos echarles en cara las mayores corrupciones de la historia, desde Filesa a Ibercorp, pasando por el *BOE* y los terrenos de la Renfe y tantos otros enjuagues de miles de millones. Y sin hablar del GAL, y del CESID, que también podríamos hacerlo.

José María Aznar les escuchaba con gesto preocupado. Siguieron ellos exponiendo agravios, proponiendo respuestas contundentes y, cuando terminaron, el presidente, sin alterar un músculo, con su voz tenue y el tonillo moderado en él habituales, les dijo:

—Nunca, y ahora menos que nunca, debemos perder la serenidad. No entraremos al trapo, no nos rebajaremos a su mezquindad. Como siempre, dejaremos que hablen los tribunales de justicia y seremos respetuosos con su decisión. De todo lo que habéis recordado, que es muy cierto, decidimos pasar página cuando llegamos al gobierno, por una democracia seria y con prestigio. Éste es el mejor activo del Partido Popular; estoy seguro de que la infamante acción del PSOE con Javier, tan inicua como los pactos contra natura que suscribieron para arrebatarnos los municipios donde nuestra lista fue la más votada, no será olvidada por los ciudadanos, que les pasarán factura en las próximas elecciones.

La querella tenía treinta y dos folios; contra el auto de admisión se interpuso el natural recurso de reforma, que también, naturalmente, fue desestimado y ahora estaba pendiente de resolverse, cosa de varios meses, el recurso de apelación. Mas sucedió que otras noticias de mayor trascendencia desplazaron pronto de la actualidad el presunto escándalo de Javier Arenas. A los pocos días del suceso, Anguita hizo pública su intención de adquirir la momia de Lenin para entronizarla en la sede de Izquierda Unida; monseñor Setién prometió en su homilía dominical celebrar una misa por las intenciones de las familias de las víctimas de ETA; el *honorable* Pujol ordenó que todos los indicadores de carretera de Cataluña *(Catalunya)*, así como los documentos oficiales de la Generalidad

(Generalitat), se escribieran en bilingüe, el castellano, primero. Y, sobre todo, la gran sorpresa: Isabel Pantoja confirmó que iba a casarse; con un hombre.

Al final, la acostumbrada táctica del señor Aznar, su frialdad frente a los más graves problemas, su serena confianza, dieron el resultado que se esperaba: no pasó nada. Salvo que en la última encuesta del CIS, el PSOE continuaba recortando sus diferencias con el PP y ya casi le alcanzaba en la intención de voto.

VI

CACERÍA EN LOS MONTES DE TOLEDO

Contra su costumbre, Vanessa tuvo que madrugar: a las ocho en punto la recogieron Kika y Rafael, y en su todoterreno enfilaron la autovía de Toledo. Honradamente hay que reconocer que para enfilarla, o sea, para llegar a ella, necesitaron desandar algunos kilómetros de la M-30, pues Rafael se confundió de salida; lo cierto es que la señalización es mala, y a punto estuvieron de marchar hacia Ocaña.

La pareja iba vestida perfectamente acorde con lo que la jornada cinegética requería: botas altas, chaquetas sport, chalecos de punto y los inevitables sombreros tiroleses con plumita de ave en la cinta. Kika tranquilizó en seguida a su amiga, que se había puesto un traje de lanilla verde y llevaba al brazo el abrigo de entretiempo.

—No te preocupes: te traigo la ropa que te hará falta para la cacería. Al llegar a la finca podrás cambiarte.

La finca de Rafael de la Peña, en los montes de Toledo, se llama «El cantizal». El viejo caserón ha sido enteramente remozado, con exquisito gusto, respetando las vigas de madera noble y las puertas talladas y los suelos enlosados. En el patio central, los guijarros echan chispas cuando las caballerías los martirizan con sus herraduras, y un pozo con el brocal de hierro forjado ofrece un agua límpida, fresca, con sabor a roca. La mansión, enjalbegada, reluce su blanco inmaculado, sobre el que se fijan los rayos del sol otoñal.

Tiene un solo piso la morada, un piso amplio, de largos pasillos, las paredes decoradas con azulejos de Talavera y pesadas salamandras en las rinconeras, puro lujo ornamental, pues la calefacción eléctrica se instaló hace ya años, cuando Rafael compró la finca a una noble familia venida a menos. Desde la balconada corrida de la fachada se divisa el campo ocre, salpicado de arbustos, matojos, jaras, que más adelante, cuando el terreno se curva en montículos y cañadas, dan paso a las encinas y las carrascas y los alcornoques. Unas lomas cierran el paisaje visible; pero la hacienda se extiende mucho más allá, como dos kilómetros, y termina donde un riachuelo desecado, ahora convertido en pedregal, acota el predio.

La cocina es también nueva, brillante, de aluminio, aunque se respetó el viejo horno de asar, más de un siglo tiene y sigue en uso, porque es verdad que sólo allí se asan debidamente los corderos y los cochinillos, déjenme de barbacoas y otros inventos, dice David, el cocinero, que ya está trajinando cuando los señores llegan, pues sabe el apetito que les entra a los cazadores al regresar de la batida.

Los cazadores han ido llegando con exacta puntualidad. El marqués de Novadaya y el conde de las

Seis Torres vienen juntos, en el coche de éste; a sus mujeres no les divierten ya los festejos cinegéticos, poco compatibles con su reúma. En cambio, a Juanita Estremera de Trinchante, alias Pepelú, se le nota la ilusión; y es que se aburre tanto con su marido, el campeón, que se aferra con entusiasmo a todo lo que pueda evadirla de su cotidiana rutina. Pepelú no ha venido; está entrenándose en La Herradura, porque la próxima semana debe intervenir en un open que se juega en Alemania.

Alberto Marín, el abogado de Rafael, nunca falta a las cacerías; dice de sí mismo que es mejor escopeta que civilista. Cuarentón, soltero, con muy buena facha y espléndido palique, goza de gran predicamento entre las mujeres y sabe aprovecharlo. No faltan, no podían faltar, unos banqueros, dos exactamente, con sus respetables esposas, a las que los sombreros tiroleses sientan como aquello que dicen de pedrada en ojo de boticario (también sentará mal en el ojo de cualquier otra persona, sea cual sea su profesión, digo yo). Pero ellas están encantadas y tan campantes. Y otro asiduo, Vivar de Alda, hijo de aquel Manolo, famoso camaleón político, *bustrófedon* le decía Campmany, fallecido hace ya años (1). Vivar es socio de Rafael en varias empresas y ahora está muy de moda, con eso del centenario del Cid, porque se inventó, en plan de broma, que desciende directamente de Ruy Díaz, y un periodista se lo tomó en serio y así lo publicó y, desde entonces, le invitan a todos los actos académicos en homenaje a su pre-

(1) Para mayor conocimiento de aquel curioso personaje, léase mi novela *De camisa vieja a chaqueta nueva*, publicada por Editorial Planeta, actualmente en su 39.ª edición. *(N. del A.)*

sunto ancestro, y él, que es un guasón, se divierte mucho con el equívoco y está saliendo en los periódicos cada dos por tres.

El grupo de invitados lo completan Anselmo Boecillas, el primer agente de bolsa de Madrid, con corresponsales en todas las de España y en las de Nueva York y Tokio. Y como único periodista, Jesús Mariñas, que no acude en plan profesional (aunque tomará buena nota de todo, e incluso apuntará algo en su famoso bloc, relicario donde guarda tantos secretos de los famosos), sino como amigo particular de Rafael y, sobre todo, de Kika, cuya triunfal trayectoria sentimental conoce al dedillo.

* * *

Cuando Novadaya llegó a la finca, Vanessa se estaba cambiando de ropa, así que no coincidieron en el salón, donde todos los invitados iban reuniéndose. Ignoraban que ambos eran huéspedes de Kika, por lo que se llevaron una auténtica sorpresa al encontrarse. Vencidos unos primeros segundos de dubitación, la muchacha casi gritó, con absoluta sinceridad:

—¡Marqués! ¡Pero qué alegría tan grande...!

Y le colocó en la mejilla un ósculo purísimo, cariñoso, filial. Para en seguida piropearle:

—¡Le encuentro fenómeno, de verdad! ¡Hecho un chaval!

—Deja, deja, no me requiebres, que sé muy bien cómo estoy! A ti sí que da gusto verte...

—¿Ha venido su esposa?

—No; lleva unos días algo pachucha. Nada importante, alifafes de la edad.

—Vaya, lo siento; me hubiese gustado tanto conocerla... Porque usted me prometió presentármela y no lo ha hecho.

—Es verdad. Con todo aquel enredo hemos llevado una temporada llena de compromisos.

—Lo comprendo. Pero no se lo perdono, ¿eh? Tiene que ser una gran señora para aguantar lo que aguantó por mi culpa...

—Más bien mía, chiquilla, más bien mía...

Como si de pronto se le ocurriese algo preocupante, a Vanessa se le puso serio el semblante, enarcó las cejas en un expresivo gesto de inquietud y, bajando la voz, susurró:

—Oiga, marqués, ¿qué hacemos si hay fotógrafos? O periodistas. Ya sabe cómo son; capaces de montar otra vez un cirio...

—No te conturbes; Rafael nunca les invita a estas cacerías, absolutamente privadas. Bueno, está Mariñas, pero sólo como amigo...

—Menos mal. De todos modos, a los invitados puede chocarles que estemos juntos...

A los invitados les trae completamente sin cuidado el tema; lo que verdaderamente ahora les importa es dar buena cuenta de los huevos fritos con chorizo y del jamón de york y de los riñones y del chocolate con churros del desayuno. Porque, según explica el cocinero, aquél es un desayuno mixto hispano-sajón, fuerte, para entonar el cuerpo y acumular energías, que falta harán. Los ojeadores aguardan ya en el patio. A las once, Rafael alerta:

—Señores, las perdices esperan...

Y salen todos, casi todos, como se verá en seguida, con las escopetas al hombro, camino de la gloria cinegética. Se han quedado en la casa las esposas de los banqueros y Novadaya y Seis Torres, que ya no están para semejantes trotes. Por el camino, Vanessa no se aparta de Kika.

—Oye, que no he disparado un tiro en mi vida...

—Da lo mismo. Dispara al aire, eso sí, para que no haya ninguna desgracia.

El limpio azul del cielo manchego se ensucia con los borrones de los disparos. Cuesta arriba marchan los cazadores, con el mismo entusiasmo que los infantes de los Tercios del duque de Alba cuando asaltaban las posiciones flamencas.

Junto a la chimenea del gran salón, Novadaya le está comentando a su amigo Federico:

—Chico, menuda plancha me he tirado con Anselmo, el agente de bolsa. Le pregunto muy finamente qué tal se encuentra su mujer y me contesta, hecho un basilisco: «¡Ni sé ni me importa saber cómo está esa hija de la gran puta!»

Seis Torres tiene que reírse a la fuerza.

—¡Pero Arcediano, qué despistado eres! ¿No sabías que la mujer de Anselmo se escapó a Caracas con un piloto de las LAV, y se llevó para el viaje un buen pellizco de la cuenta corriente con firma indistinta que tenía con su marido?

—No tenía ni idea.

—Ahora, siempre que te encuentres con alguien a quien no veías desde algún tiempo, resulta peligroso preguntarle por el marido o por la mujer. Haz como yo, que he descubierto la fórmula perfecta, que a nada compromete. Yo digo: ¿qué tal todos? Y así evito planchas como la tuya.

—Me apropio la idea.

* * *

Regresaban molidos; algunos, los menos jóvenes, echando bofes. Pero todos por igual ufanos, rozagantes, presumiendo de su puntería, multiplicando por mucho las piezas cobradas. (Sólo los jugadores de mus son más jactanciosos que los cazadores.) El anfitrión les escuchaba con media sonrisa irónica, pues conocía bien sus limitaciones; pero disimulaba la chufla y les felicitaba con todo entusiasmo. Al banquero Navarro Pidal incluso osó decirle, con tanta solemnidad que el interesado se lo creyó:

—Me has hecho recordar al conde de Teba en su mejor época.

El banquero Navarro Pidal tenía pendiente de firma un crédito en favor de una de las sociedades de Rafael; no había problema, pues las garantías eran tan suficientes como la solvencia de la empresa. Pero nunca está de más cuidar a esta gente.

Como cuidaba, cuando resultaba oportuno, a los políticos, sin distinción de partidos ni de ideología. Por «El cantizal» fueron pasando, en los últimos veinte años, Adolfo Suárez, Fraga Iribarne, el difunto conde de Motrico, López Rodó (ese día se celebró una misa en la capilla de la finca, antes de la cacería), Felipe González (en tres ocasiones), Rosa Conde, Ardanza, Bono (con mayor derecho que nadie, ya que la finca queda dentro de su jurisdicción presidencial comunitaria) y otros muchos, pues muchos han sido ya desde la transición los personajes con mando en este país (antes llamado España).

En cambio, no les dio tiempo de disfrutar la jornada cinegética, a causa de la fugacidad de sus altos empleos, ni a don Leopoldo Calvo-Sotelo, ni al señor Hernández Mancha. Ahora, Rafael está a la espera de que José María Aznar acepte la invitación que, naturalmente, ya le ha hecho; y, bien informado acerca de la poca afición del presidente a la caza, acaba de acondicionar el frontón para que se pueda jugar al *paddle*. Quien sí estuvo una vez fue Loyola de Palacio, tan encantadora.

Rafael de la Peña nunca aprovechó la presencia en «El cantizal» de tan ilustres personalidades para pedirles nada. Ocasión habría de hacerlo en otro momento y con menor descaro. Solamente, cuando visitó la finca el ministro de Comercio de cierta república centroamericana, le abordó sin remilgos, mientras se apostaban para comenzar la montería y durante el aperitivo ya se habían puesto de acuerdo en el negocio, y después del café firmaron los contratos, que Rafael tenía preparados, como preparado tenía el cheque con el anticipo a cuenta de la comisión que se embolsaría el alto dignatario. Semejantes prisas estaban justificadas en este caso por su conocimiento de los frecuentes tumbos políticos en aquellos países hermanos. Efectivamente, un mes después, el presidente fue derrocado y su sucesor le hizo procesar, por las grandes inmoralidades cometidas durante su mandato, al tiempo que se comprometía con la nación a terminar con las corrupciones para siempre. Ante el riesgo de que pretendiera rescindir los contratos otorgados por el saliente, Rafael hizo un viaje relámpago a aquella república, mantuvo una cordial entrevista con el nuevo ministro de Comercio y se trajo ratificado el compromiso. La comisión fue algo superior a la prevista para el corrupto precedente, pero mereció la pena.

* * *

Antes del almuerzo se sirvió en el patio de la finca el *taco*, un aperitivo, lo normal, lo sencillito: caviar iraní, *foie* de las Landas, canapés de auténtico salmón del Sella marinado, bien rociado todo con champán. (Al marqués de Novadaya, viejo conocido del lugar, le habían preparado su dry-martini a la perfección.) Los invitados, las señoras, especialmente, después de la tonificante ducha olían a colonias caras, a frescor, a lozanía de campo humedecido por el rocío mañanero. Y pasaron al comedor, donde cada cual tenía señalado su sitio en la mesa.

A Juanita de Trinchante (de Pepelú, para entendernos) la colocaron en uno de los extremos, junto al letrado Marín, que le separó la silla con toda delicadeza para que se sentara, y, una vez lo hizo él, se presentó:

—Creo que no nos conocemos. Soy Alberto Marín.

—Señora de José Luis Trinchante, Juanita de nombre.

El abogado se la quedó mirando con curiosidad.

—¿No será tu marido el famoso jugador de golf?

—Pues sí. Es el famoso jugador de golf.

—¡Cuánto lo celebro! Puedes decirle que soy un ferviente admirador suyo. Ya sé que tiene muchos, pero te aseguro que pocos tan entusiastas como yo.

—Muchas gracias. —Las dio sin el menor entusiasmo, incluso con cierto hastío.

—¿Y cómo no ha venido? Para mí hubiera sido un honor conocerle...

—Está entrenándose en El Escorial; mañana se va a Berlín, a no sé qué torneo.

—Lo comprendo; los deportistas de elite tienen que llevar una vida muy sacrificada.

—Pues no te digo sus mujeres...

Hasta después del asado estuvieron hablando de bobaditas, el buen otoño que hacía, lo difícil que se había puesto circular en coche por Madrid, las tonterías que decía Rociíto cada vez que abría la boca, el fenómeno taurino de El Juli...

—Me chifla, me alucina —confesó Juanita.

—Torea bien y tiene un buen repertorio, sí. Pero su éxito se debe fundamentalmente a que despierta en vosotras, las mujeres, tiernos instintos maternales. —Hizo una pausa—: Por cierto, ¿tienes hijos?

—Todavía no.

—¿Cuánto tiempo llevas casada?

—Cuatro años largos.

—Pues perdóname, pero ya va siendo hora. ¿O es que no te gustan los críos?

—Sí, mucho. Siempre que no sean demasiados, claro.

La aparición del *soufflé*, con su llamarada de licor haciendo crepitar el chantillí, motivó un aplauso de los comensales.

—El café lo tomaremos en el salón —anunció Rafael.

Allá se fueron todos, con la euforia propia de una sobremesa digna de recuerdo. Los banqueros se sentaron juntos, lo mismo que sus orondas esposas. Kika, en funciones de ama de casa, atendía a sus invitados con singular donaire, ofrecía gentilmente los licores y les tranquilizaba anunciándoles que sí, que naturalmente había sacarina. (La sacarina es el pretexto de los glotones para justificarse ante sí mismos; su coartada para eludir la culpabilidad de su propia gula.)

La mujer del banquero Navarro Pidal elogió a su colega:

—¡Hay que ver lo bien que recibe Kika!

—Y que lo digas. ¡Y la buena pareja que hace con Rafael!

Bajó la voz la otra, para preguntar en un susurro:

—¿Qué sabes de su mujer? Ya me entiendes, de Susana.

—Estuve tomando el té con ella en Embassy, hace unos días. Bien, está muy bien. Lo asumió desde un principio con mucha resignación y, al cabo de tantos años, ya lo encuentra normal.

—Tengo que llamarla la semana próxima. Que sepa que las buenas amigas no la olvidamos y la seguimos queriendo.

—Eso, desde luego...

Juanita y Alberto habían vuelto a sentarse juntos. Con las cortinas entornadas, la media luz daba un especial encanto al lugar, dejándolo propicio para las confidencias. También para el sopor: los banqueros se esforzaban por mantener abiertos los párpados. Anselmo Boecillas, ni eso.

—Las habitaciones están listas para los que quieran dormir la siesta —comunicó Rafael—. Nos la hemos ganado con la caminata de esta mañana, ¿no os parece?

Claro que les parecía. Quienes ya estaban dando cabezadas se levantaron en seguida para completarlas debidamente, aunque tuviera que ser en compañía de sus señoras. Para no desairarlos, también Kika, Rafael y Vanessa subieron al piso. Mariñas, siempre con el móvil pegado a la oreja, salió al patio. Como Novadaya y Seis Torres, deseosos de comprobar los resultados de la cacería. Aprovechando que, insólitamente, el periodista dejaba de hablar durante unos segundos, el marqués le abordó:

—Disculpe la curiosidad, pero me intriga muchísimo saber cómo es capaz de estar tan al corriente en el trajín erótico-sentimental de los famosos. Con esas chicas que cambian de cama dos veces por semana y las parejas que un día se separan y tres más tarde vuelven a ajuntarse y a veces se zurran la badana. Y usted se entera en seguida y nos lo cuenta con todo lujo de detalles. ¿Cómo demonios se las arregla? ¿Espías? ¿O se lo soplan los propios interesados?

Mariñas puso su conocida sonrisa mefistofélica.

—El ordenador, que hace milagros, señor marqués, cuando se sabe programar. Y el correo electrónico. Y el internet.

—¡Inventos demoníacos! —farfulló Novadaya.

En el patio, junto al pozo, sobre los guijarros, bajo la vigilancia de un capataz y, alineados en columna de a tres, descansaban los trofeos: cincuenta y tantas perdices, dos docenas largas de conejos, algunas liebres.

—Tampoco la cosa es para tirar cohetes —criticó Seis Torres.

—¿Te acuerdas de nuestras cacerías, en la finca de Mayalde? Nunca bajábamos de quinientas piezas.

—Hace por lo menos treinta años, querido.

—Ahora ya no hay escopetas de categoría. Lo que yo digo: con Franco cazábamos mejor.

Y tan feliz por la frase, se agarró del brazo de su amigo y echaron a andar sin prisas, poquito a poquito, con pasos tranquilos.

—Después de una comida así, porque la comida ha sido espléndida, dormir la siesta es una aberración. Lo recomendable, lo lógico, es darse un buen paseo para bajar el estómago, ¿no te parece, Federico?

—Completamente de acuerdo. Para bajarlo y para moverlo, porque no sé tú, pero yo llevo una temporada estreñido...

* * *

Se habían quedado solos en el salón acogedoramente umbroso. Alberto se levantó para servirse un whisky, ¿quieres tú otro?, preguntó, siempre finísimo. Y Juanita que no, muchas gracias, bebo poco. Vamos, mujer, un día es un día, te echaré mucho hielo. Bueno, vale; pero ponle bastante agua.

Estaba guapa Juanita, una de esas mujeres que ganan con el tiempo, que de muy jóvenes son nada más que agradables de cara, monas, se les suele llamar, pero que después van cuajando y perfilan las formas y el cuerpo se les hace perfecto en las medidas y en la distribución de las redondeces, el pecho moderado de tamaño, prieto y en su debido sitio, los muslos torneados, el culo respingón, provocativo. Y la cara, ella siempre tuvo bonitos los ojos garzos, sensuales los gordezuelos labios, suave la piel. El maquillaje (una amiga de Puerta de Hierro le recomendó a un esteticista magnífico) había completado un rostro en verdad atractivo.

Bebían sin hablarse; Alberto la miraba con atención, como escrutando sus pensamientos.

—¿Conoces mucho a Rafael? —le preguntó, para romper el silencio.

—No demasiado. Lo que pasa es que nos invitan a muchas fiestas, ya sabes, la popularidad de mi marido. Y cuando alguna me apetece, voy. Casi siempre, sola. Y tú, ¿le conoces bien?

—Soy su abogado. ¡Ah, no te lo había dicho! Dirijo un bufete importante. Civil, mercantil, fiscal...

—Debe de ser una profesión apasionante.

—Te diré; con tanta serie americana en la televisión sobre abogados se ha creado mucha confusión sobre este oficio. Que aquí es muy distinto, ¿comprendes?

—Sí, claro...

Volvieron a quedarse callados. Otra vez, al cabo de algún tiempo, habló Alberto:

—Y tú, ¿qué vida llevas? Imagino que muy ajetreada, viajando de continuo.

—Ya no. Al principio de casada, sí, siempre acompañaba a Pepelú. Pero acabé cansándome; un día, en Londres, a la semana siguiente, en Boston; a la otra, en Melbourne. Sin tiempo de ver nada más que la hierba de los campos de golf y los hoteles, gigantescos, sin calor humano, y aguantando a unos señores muy pesados, que sólo hablan en inglés...

—¿Tú no lo hablas?

—Ahora, un poco. Tuve que estudiarlo, claro. Pero encuentro que es un idioma absurdo, donde las palabras escritas nada tienen que ver con las que pronuncias. *Table, teibol; young, yeng,* y todo así. Encima, cuando crees que lo dices bien, resulta que en Kansas no te entienden, porque tienes acento de Oxford...

Alberto se rió de buena gana.

—Tampoco es eso, mujer... ¿Otro whisky?

—No, no; ya te digo que apenas bebo.

—Pues ése te lo has acabado en un suspiro. Anda, acompáñame.

Llenó de nuevo los vasos; el de Juanita tenía esta vez menos agua, menos hielo. Levantó el suyo, chinchín, dijo, y lo chocó con el de ella. Bebieron un trago largo.

—Yo también viajo bastante, sobre todo a Inglaterra, y te aseguro que me entienden. Has estado en Londres, supongo...

—Sí. Allí ganamos nuestro primer open... —Había cierto retintín en sus palabras.

—Me entusiasma Londres. La Royal Gallery; Westminster; el paseo fluvial por el Támesis, hasta Greenwich; Piccadilly; los grandes espectáculos musicales; Hyde Park. Incluso, por lo curioso, el museo de cera de madame Thussaud. Y como soy bastante buen gourmet, el *roast beef* de Simpson's.

—No conozco nada de lo que me has dicho.

—¿Será posible?

—Lo es, Alberto, lo es...

Se terminó el vaso de whisky; sus hermosos ojos azules se encalabrinaron con un brillo que les daba cierta picardía.

—Yo sólo conozco *pools* y *swings* y *boddies* y preciosos *greens*. En cuanto a comidas, los espantosos banquetes al final de cada torneo, para entregar los trofeos. Eso sí, a veces me fotografían con mi marido y hasta levanto, muy sonriente, la copa que acaba de ganar.

Ya estaba a punto, pensó Alberto, que conocía bien a las mujeres por doble motivo: por su experiencia con ellas y porque todo buen abogado necesita ser algo sicólogo.

—Pues perdóname si te digo que estás perdiendo tontamente tus mejores años.

—Lo sé, lo sé —se lamentó Juanita. Alberto le agarró la mano.

—Y eso no está bien. La vida pasa muy de prisa; en un suspiro, dicen. Toda la felicidad que no hayas tenido, ya no la recuperarás nunca. La felicidad, cuidado, que no es algo constante y seguido; que está hecha de pequeños trocitos. Al cabo de los años, los recuerdas, los unes y eso es la felicidad...

Juanita se soltó de su mano, pero con suavidad, sin darle importancia.

—Sí, debe de ser eso... Aunque yo sólo recuerdo alguno de los trocitos de hace ya mucho tiempo. Cuando Pepelú empezaba, cuando no le dominaba una obsesión única, una sola preocupación, ser el mejor, ganarlo todo, almacenar millones. ¿Y para qué...?

—Muchos debéis tener...

—Tampoco creas. Como tú bien sabes, Hacienda se lleva el 56 por ciento de todas las ganancias...

A Alberto se le disparó la deformidad profesional.

—¿Pero cómo? ¿Es que tu marido tributa como persona física? Quiero decir, que no ingresa a través de sociedades interpuestas...

—Nada. Todo a su nombre.

—¡Pero qué disparate! Veamos, ¿estáis casados con separación de bienes?

—Sí; dijo mi padre, que el pobre se cree que entiende, que era mejor así.

—Pues eso hay que arreglarlo. Cuenta conmigo; es mi especialidad profesional. —Suavizó la voz—: Y no te preocupes por la minuta.

Le tomó otra vez la mano; esta vez se la besó un poco, muy poco, apenas, mientras la miraba a los ojos.

—Después te daré mi tarjeta. Me llamas para que te dé hora. O, si no, mira, quedamos ya. ¿Te va bien el lunes?

—Sí; Pepelú estará en Berlín...

—Entonces, si te parece, y para que no resulte tan oficial, podemos almorzar juntos antes de la entrevista...

Novadaya y Seis Torres interrumpieron una situación que comenzaba a ponerse interesante. Regresaban de su paseíto y saludaron a la pareja con mucha discreción.

—Hemos dado una vuelta, para aligerar la comida. Buenas tardes.

—Buenas tardes...

Empezaron a subir la escalera, con alguna dificultad, muy agarrados al pasamanos.

—Entonces, ¿de acuerdo?

—De acuerdo. —Sintió la obligación de aclarar—: Te advierto que soy una mujer seria. No te equivoques.

—¡Por Dios...!

* * *

El avión de la Air France salía a las once de la noche. Vanessa llegó a Barajas con el tiempo justo; un accidente en la autovía de Toledo había ocasionado un atasco; por fortuna, breve. Marciano estaba esperándola, con las maletas y los billetes.

—Buen viaje. Me vuelvo pitando a los estudios, porque no quiero perderme el numerito de tus fotos...

Llevaba en el aire poco más de veinte minutos; a esa misma hora, en el plató rebosante de público espeso y vocinglero, Leocadio Couceiro cargaba de solemnidad su voz para anunciar:

—Buenas noches, señoras y señores, queridas amigas, dilectos amigos, «Rifa caliente» tiene la satisfacción de poderles presentar, en auténtica exclusiva, unos documentos gráficos sencillamente excepcionales. El más estricto secreto profesional me impide revelar el nombre de la persona que los consiguió. Por favor, presten toda su atención. ¡Adelante, cámara uno...!

* * *

Como el París de Hemingway, La Pobla de Farnals era una fiesta. La noche del programa, los vecinos se avisaban los unos a los otros, *ché, has vist en la tele a la filla del Chimo?* (2), y al día siguiente se agotó *El País*, por lo que el alcalde del PP, siguiendo el ejemplo de pureza democrática que le daba de continuo su presidente, no tuvo el menor reparo en fijar en el tablón de anuncios del municipio, y bien destacadas, las páginas del periódico

(2) Che, ¿has visto en la tele a la hija de Chimo (Joaquín)? *(N. del A.)*

donde venían las fotos de Amparito (allí seguía siendo para todos Amparito Bonastre), juntamente con unos sangrientos comentarios sin firma, aunque se adivinaba la autoría de Haro Tecglen y su pluma, siempre cargada de mala leche.

En el casino, a la hora del dominó, los hombres sin trabajo vespertino, que eran mayoría en el pueblo, esperaban con expectación al padre de la estrella. Su llegada fue acogida con una ovación cerrada, y Jaume Farinós, el concejal socialista, fue el primero en abrazarle. Cuando todos los demás lo habían hecho y pudieron por fin sentarse frente a la mesa de mármol, para la partida, le dijo a Chimo, con innegable intención de halagarle:

—*De veritat, Chimo: la teua chiqueta es una cortesana de molta categoría.*

—*I això que vol dir?*

—*Collons, pues que es una puta cara, com la Mata-Hari aquella...* (3)

—¡Ah, bueno...!

Mientras tanto, doña Amparo, de rodillas ante la imagen de la *Mare de Déu* (4), rezaba las letanías de su tercer rosario consecutivo, aplicado como todos los anteriores para que Dios perdonase los pecados de la *chiqueta*, ella no es mala, Señor, pero los malos ejemplos y las malas compañías y este mundo podrido en el que vivimos la han descarriado. Perdona también a mi marido, que no es por malmeterle contigo, Dios mío, pero es quien

(3) —De verdad, Chimo; tu chica es una cortesana de mucha categoría.

—¿Y eso qué quiere decir?

—Cojones, pues que es una puta cara, como aquella Mata-Hari...

(4) La Virgen. *(N. del A.)*

tiene la culpa de todo, como de los vicios del chico, que aunque ahora hasta don Lluís, el párroco, me dice que no tienen importancia y que también hay curas mariquitas y que lo de Sodoma y Gomorra, que me enseñaron las monjas, está pasado de moda, yo creo que eso es una guarrada muy grande y un pecado gordísimo, por mucho que don Lluís diga lo que quiera, y perdóname, Señor, si falto a la caridad con el clero...

Voro fue de los que más celebraron el lío de su hermana con el señor Arenas (que todos en el pueblo se habían creído), porque estaba atravesando una crisis profunda y precisamente tenía pensado escribir a Amparito, para que le dejara pasar al menos una temporada en su apartamento de Madrid. Ya que había decidido dejar La Pobla y buscarse allí la vida como músico, como *drag-queen*, que ya sabía que los contrataban en los pubs en muy buenas condiciones o como lo que fuera.

La depresión de Voro se debía a una razón sentimental: Manolo, el organista de la parroquia, su pareja de siempre, le había abandonado. Tuvo la culpa un argelino muy alto, muy macizo, muy rico y muy negro, al que conocieron juntos la noche en que se les ocurrió subir al casino de Monte Picayo. Jamás lo hubiesen hecho; entre el moro (para él, todos los negros eran moros) y Manolo se intercambió un auténtico flechazo. Al día siguiente, el argelino apareció por La Pobla, y ya tuvo sus más y sus menos con el organista, para mayor escarnio, en el coro de la parroquia, cuando aquél estaba ensayando el *¡Aleluya!* de Haendel.

Total, que su Manolo le dejó plantado, qué quieres, cielo, me he enamorado locamente, le dijo como única y cruel explicación. Y después de pasarse una semana en el hotel del Casino, a cuerpo de rey (más bien, de reina), se largó a Orán con el argelino, y ni siquiera había tenido el detalle de ponerle desde allí una tarjeta postal. Voro lo pasó muy mal al principio, lloró bastante, anduvo inapetente varios días y se convirtió en un racista feroz, y en su xenofobia llegó al extremo de quemar la foto dedicada de Rivaldo que, a gran tamaño, tenía en su habitación. El chico, cosas que pasan, era hincha furibundo del Barça.

Por todo ello, la creencia de que su hermana estaba ahora muy bien colocada le llenó de alegría. Aquella misma tarde, mientras su pobre madre seguía rezando, se puso a escribir el borrador de una carta, en la que le contaba a su querida Amparito la orfandad sentimental en que se hallaba y le pedía alojamiento y le aseguraba que encontraría ocupación muy pronto, porque conocía a un chaval que era batería en un conjunto que estaba pegando mucho y que había prometido colocarle si alguna vez decidía marcharse a Madrid.

Corrigió varias veces la epístola y se fue al ayuntamiento, para pasarla en el ordenador, de modo que resultara fácil leerla: su letra no la entendía ni él mismo.

VII

AVENTURA EN PARÍS

Ya sabía Vanessa que la estarían esperando. El vuelo había salido puntual y llegó incluso con unos minutos de adelanto (no era de Iberia, obviamente). Al entrar en el inmenso aeropuerto Charles de Gaulle se sintió durante unos momentos sola, desorientada, indecisa. Hasta que reparó en un hombre de buena talla vestido de azul marino, camisa y corbata rosas, los zapatos relucientes, y rebozado de laca el pelo (un cursi, vaya), que mantenía en alto un folio en funciones de rótulo anunciador, donde se leía: «Mlle. Vanessa Torcal.»

Era el enviado de Leocadio, otro argentino como él, bastante boludo, como dicen por allá, aunque con esa especial habilidad que tienen todos para colocarse (y bien) en cuanto llegan a un país extraño. Éste andaba metido en la industria discográfica y con el pretexto nunca demostrado de ser el exclusivista del repertorio de Carlos Gardel había accedido a las grandes firmas francesas del sector musical. Como, una vez más, volvía el tango (el tango vuelve siempre con puntual periodicidad), estaba ganando bastantes francos cediendo los derechos de reproducción de las grabaciones de magníficos cantantes (Edmundo Rivero), otros nada más que buenos (Carlos Acuña), y la mayoría, detestables.

Se llamaba Horacio Arquímedes Estrada y, al contrario que Leocadio, que hablaba ya un castellano más que discreto, mantenía el acento y los giros típicamente porteños. Estrechó la mano de Vanessa y, además, le hizo una reverencia de cuarenta y cinco grados.

—Entonces, sós vos la famosa estrella del programa de mi compadre Leocadio, yo le llamo Leo. ¡Pucha, qué mina más linda! Permitíme la valija...

Ella miraba a su alrededor con una curiosidad mezclada de cierta envidia. Estaba pensando lo que hubiera supuesto para su fama montar el numerito de Barajas en aquel aeropuerto tan colosal.

—Por favor, ¿me entregás la boleta del hotel? Me dijo Leo que reservó en el Pont Royal. Ya no es lo que era, pero acá no está fásil la vaina de los alojos... ¡Si vierais en Buenos Aires! Allá da gusto lo que ofertamos; pero, claro, esto es París...

El Pont Royal, efectivamente, se ha quedado antiguo y las camas son incómodas y los techos demasiado altos y hasta las camareras deben de ser las mismas que atendieron a don Miguel Primo de Rivera, cuando llegó después de dimitir como jefe de gobierno, en 1930, y allí murió a las pocas semanas.

—En este sobre tenés treinta mil francos; Leo me encargó que os los entregara, como viáticos. Andá con cuidado con el cambio, que yo al prinsipio siempre me equivocaba al valuar la equivalensia en pesos... ¡Ah! Al *valet* que ha subido las valijas le entregás diez francos de propina. Pondrá mala cara; no os preocupés. Acá siempre les paresen cortas las propinas. Imagino que vendrá fatigada; ¿le apetese comer algo?

—Gracias; cené en el avión. Bastante mal, por cierto.

—¡Pena que no volara en Aerolíneas Argentinas! ¡El mejor catering del mundo! ¡Hasta sirven churrasco y chinchulines!

Efectivamente, Vanessa estaba cansada; se despidió de Horacio Arquímedes hasta la mañana siguiente, y apenas estuvo en la habitación y se puso cómoda, llamó por teléfono a Kika.

—¡No tienes idea de la que has armado! —fue contándole su amiga, tan excitada como divertida—. Hace dos horas o así que acabó el programa y ya no se habla de otra cosa en Madrid. Menos mal que me has llamado al móvil, porque el teléfono de casa no ha parado de sonar, con amigos de Rafa que están sorprendidos, otros indignados, por tus fotos con Javier Arenas. Por cierto, no me gusta como te han sacado.

—Es que están hechas con flash, en la calle; y yo llevaba el maquillaje normal.

—Bien, querida; ahora descansa y mañana ponte bien guapa, que por la tarde irá a buscarte mi amiga Monique. No te preocupes: habla perfectamente el español y es un encanto. ¿Me has dicho que estás en el hotel Pont Royal? No lo conozco.

—En la *rue* Bac. No parece gran cosa.

—Lo importante es que esté limpio, porque en París hay mucha guarrería. Un beso muy fuerte, querida.

—Otro para ti.

Horacio Arquímedes apareció a las once de la mañana. ¿Qué tal se pasó la noche?, preguntó entre sonrisas, que marcaba separando los labios más de lo normal, sin duda para lucir una dentadura ancha, muy blanca, de dientes largos, como de solípedo. ¿Os encontrás en forma para dar una paseata por la Ville Lumière? Así les gusta llamarla a los nativos. Pues, entonses, podemos ir a los Elíseos y al Trocadero y a la torre Eiffel y asercarnos a la *place* Vendôme, muy linda, hay que reconoserlo.

—¿A pie? —se asustó Vanessa.

—Es la mejor forma de conoser una siudad. Claro, si se tratara de Buenos Aires, sería distinto. ¿Estuviste? ¿No? ¡Pucha, lo que os perdés! Allá no podríamos ir caminando, por la grandiosidad de la capital del Plata. Bueno, acá está también la vaina del tráfico, de agobio...

A las dos horas de caminata, Vanessa se plantó.

—Tranquila. Justo acabamos el periplo y nos vamos a almorsar. Ya es algo tarde para las costumbres fransesas; tenedlo en cuenta. Después de las dos resulta imposible comer en casi ningún restaurante. Y no intentés haserlo; son intransigentes.

Resumió su opinión sobre París:

—Una siudad bellísima, poblada por gentes groseras y turistas boludos, que se dejan estafar encantados. Para vivir a gusto acá hay que tener muchísima plata...

En vista de lo cual, la llevó a comer a un *bistrot*, aunque la verdad es que en París se come bien en todas partes, a cambio de aguantar las caras largas de los antipáticos camareros. Por cierto, que algunos son españoles, pero ya están hechos a los hábitos locales. (Sólo hay un gremio más odioso que el de los camareros parisinos: el de los taxistas parisinos.)

Monique le llamó a las tres; dos horas más tarde pasaba a recogerla por el hotel. Era alsaciana, rubia, treintañera y muy elegante. Se espantó al conocer el recorrido peatonal llevado a cabo por Vanessa aquella mañana.

—Por lo que me cuentas, ese argentino no conoce París. Vamos, tengo el coche a la puerta.

Era un Audi. Esta vez, la gira turística sí que le resultó muy grata.

* * *

Cinco días llevaba ya en París, disfrutando con la compañía de Monique, padeciendo al pelmazo de Horacio Arquímedes. Leoncio le llamaba a diario, para comentarle el desarrollo, el postoperatorio, podríamos decir, de la «Operación Playa». Lógicamente, Arenas había interpuesto una querella, que seguía el curso normal de las acciones judiciales. Que iba muy despacio, o sea. En el Congreso se había armado el rifirrafe habitual, y la gente de la calle, el personal, comenzaba a interesarse por otros escándalos más inmediatos. Lo que nosotros ya sabemos, en fin.

—¿Pero de mí qué dicen?

—Maravillas. Como yo suponía, te llaman «la chica de Arenas» y unos opinan que eres un genio de la seducción, una vampiresa irresistible, que ya quisieran la Mazagatos y la Flores y todas ésas parecerse a ti, y otros, los carcas de la derechona, te llaman de todo.

—¿Por ejemplo?

—Pues meretriz y hetaira y coima y mesalina...

—¡Uy, qué cosas más feas! ¿Qué quieren decir?

—Puta.

—Vaya, menos mal. Si sólo es eso...

Con Monique había cenado en La tour d'argent y tomado el té en el Palace Athénée y recorrido el Centro Pompidou; pero tenía la fijación de Maxim's, desde que conoció el local gracias a una película de Maurice Chevalier.

—Está pasado de moda, ya no es elegante —le explicó su amiga—. Se ha quedado para los turistas americanos...

—Pues me hace ilusión ir...

Debió de ser una corazonada. Su mesa quedaba enfrente de uno de los grandes espejos enmarcados con las florales formas del *art déco*. Desde que comenzaron a cenar, un caballero de pelo gris parecía absorto en la imagen reflejada de Vanessa, que no se había apercibido hasta que Monique se lo susurró. Miró entonces hacia él, como de pasada, y el caballero de pelo gris le hizo una inclinación de cabeza y ella apartó la vista, aunque a poco no pudo reprimir la curiosidad y volvió a mirarle y él no sólo repitió la cabezada, sino que con la mano le hizo un gesto de saludo. En el dedo anular de esa mano brillaba un solitario de enorme tamaño, que refulgió al recibir la luz de la gran araña central.

—¿Qué hacemos? —consultó Vanessa.

La experiencia de su amiga le había permitido advertir en seguida el resplandor del brillante, y sus posibles quilates la intrigaron. Por una razón profesional: una de sus ocupaciones consistía en pasar las joyas de Cartier en los desfiles.

—Me gustaría comprobar si el pedrusco es de verdad. ¿O no te has fijado?

No. Su inepcia en materia de joyería era total; por una lógica razón cíclica, las enseñanzas de Kika todavía no habían llegado hasta ella.

—Entonces, ¿le sonrío?

—Con alguna picardía.

Tardó pocos minutos en acercarse a la mesa de las dos mujeres, en cuanto se repitieron las sonrisas, cada vez más insinuantes. Se presentó antes que nada: Mario César Benítez, colombiano, ¡qué alegría, usted es española, entonces, parientes como aquel que dice, ya sabe, la madre patria! ¿Y usted, francesa? Pues habla un castellano excelente; mi francés tampoco es malo, *vraiment, bien sûr*, paso largas temporadas en París, *oh là là, Paris, merveilleuse*, porque tengo negocios de importación y exportación con mi país, debo aclararles en seguida que estoy divorciado dos veces, ahora enteramente libre. ¿Me permiten que las acompañe?

Era simpático el cincuentón de los cabellos grises y a Monique, que aunque fuese a simple vista y en un peritaje provisional, le pareció que el brillantazo no era ful, como tampoco los otros más pequeños que llevaba de gemelos, no le supo mal aceptarle en la mesa. Se sentó enfrente de las dos.

—¿Y qué hace la guapa españolita en la capital de Francia? Mejor dicho, en atención a su amiga francesa, diré que en la capital del mundo.

—Estoy de vacaciones. Soy artista de la televisión... —presumió en seguida Vanessa.

—Muy propio de su belleza. Yo tengo una importante participación en las dos principales cadenas de la televisión colombiana... Y también en la radio oficial.

Sin embargo, no resultaba pedante; hablaba de su dinero (todavía presunto para Monique y ya deslumbrante para Vanessa) con gran naturalidad, sin pretender epatar. Se le notaba la costumbre de alternar con gentes de categoría. Les pidió cortésmente permiso para invitarlas a la cena, permiso que las mujeres concedieron sin la menor vacilación, y después del café y del Armagnac (Vanessa recordó los consejos de Kika), sugirió:

—Podríamos ir a cualquier espectáculo. ¿Qué os parece? —Obviamente, ya se tuteaban.

Aturullándose al contestar, sin darle tiempo a Monique de evitar la ordinariez, dijo Vanessa:

—Tengo muchas ganas de conocer el Moulin Rouge.

Confirmaba así su vulgar conocimiento de París, una cultura de la capital francesa hecha a través de las películas. Pensaba en José Ferrer caracterizado de Toulouse-Lautrec y en Zsa-Zsa Gabor y en aquel Moulin de finales del siglo XIX, lleno de elegantes de frac, de guapos oficiales en rutilantes uniformes, de vampiresas que fumaban en largas boquillas. Mario César esbozó una sonrisa condescendiente:

—Bueno, siendo tu primer viaje a París... El Moulin actual ya no es mucho más que una reliquia, un espectáculo *démodé*, preparado para turistas yanquis. Un poco lo de este mismo restaurante; porque si yo sigo viniendo a Maxim's es porque todavía en ningún otro preparan como aquí el *caneton bigarade*...

A pesar de la sensata opinión del colombiano, enteramente compartida por Monique, a Vanessa le divirtió el *french-can can* tópico y se acordó de la película y lo pasó bien, quizás porque siguió bebiendo Moët-Chandon en dosis nada habituales para ella. Aunque al salir objetó:

—Me ha desilusionado la parte erótica. En cualquier local de Madrid, las chicas salen mucho más desnudas que aquí.

Se despidieron en Pigalle.

—Me agradaría volveros a ver mañana. Ya sólo me quedan diez días de estar en París y no debo desaprovechar el tiempo.

Esta vez, Vanessa cedió la iniciativa a Monique, que dijo que bien, que encantadas, pero que ella no podría acompañarles en el almuerzo, porque tenía un compromiso. Sabía mucho Monique.

—Entonces, te recogeré en tu hotel. ¿Dónde estás?

Y anticipándose en un alarde de reflejos a su amiga, contestó Monique:

—Nos vemos en el bar del Crillon. Yo tengo que ir de compras con Vanessa y la llevaré. El aperitivo sí que podré tomarlo con vosotros.

* * *

La seducción fue rápida. Si bien Vanessa tuvo muy presentes las lecciones de Kika y estuvo demorando tres días la rendición plena. Cada mañana recibía en el Pont Royal (no tuvo más remedio que confesar su alojamiento) una enorme canastilla de flores; la segunda llevó incorporada un collar de perlas. La tercera, un broche de esmeraldas. Mario César actuaba como los galanteadores de película; ella estaba literalmente anonadada, porque creía que estas cosas ya no pasaban en la realidad. (Ciertamente, pasan muy pocas veces.)

Era lunes. Comiendo en Lasserre el *saumon à la Loiure* y, para abrir boca, unas *huîtres de Belon* y después el excelso *canard à l'orange*, todo ello en colaboración con dos distintas reservas de Borgoña que le trasladaron a las nubes, Mario César le propuso:

—¿Por qué no te vienes a vivir conmigo al Ritz? Ese hotelucho donde te han llevado no es para ti.

Entonces, para acabar de decidirla, le contó alguna de las anécdotas del Ritz, que se conocía casi tan bien como Manu Leguineche, que es el tío que mejor sabe la historia de los grandes hoteles del universo mundo. Que César Ritz compró en 1896 un viejo palacio de la *place* Vendôme y que allí fundó el hotel, por el que habían pasado todas las personalidades de este siglo: Marcel Proust, Cocó Chanel, Hemingway, Dalí, Greta Garbo, Marlene Dietrich, Paul Getty (el hombre más rico del mundo, le aclaró), Ingrid Bergman, el mariscal Goering durante la ocupación alemana y tantos y tantos otros famosos. Y ya muy recientemente, el Ritz fue noticia porque su jefe de seguridad, Henry Paul, conducía (borracho) el Mercedes en el que se estrellaron lady Di y su novio, precisamente hijo del dueño del hotel, aquella madrugada histórica de agosto del 97.

Estaba ya decidida, como no podía menos de suceder. Tuvo, sin embargo, el detalle de llamar a

Kika para pedirle su opinión, que fue del todo favorable.

—Es una ocasión que no se te volverá a presentar en la vida. No te entregues demasiado al principio, recuerda todo lo que te he contado y aprovecha el chollo cuanto puedas.

Llamó también a Monique, que no sólo ratificó el criterio de su amiga, sino que, además, le facilitó unos informes sensacionales sobre su enamorado:

—He preguntado en Cartier. Resulta que se trata de uno de sus mejores clientes, que compra joyas tal que si fueran bombones. Allí, como es obvio, tienen metidos en el ordenador los datos actualizados de esta clase de gente. Pues bien, el señor Benítez posee una fortuna difícil de calcular, con fuertes inversiones en Estados Unidos y en el Canadá. Por supuesto, es el hombre más rico de su país... Y eso que, en Colombia, como en todos los países pobres, hay grandes millonarios...

Finalmente telefoneó a Leocadio:

—Me alegro mucho de que me llames —le dijo apenas escuchó su voz—. Precisamente iba a hacerlo yo, para decirte que puedes volver cuando quieras. El ambiente ya está calmado y yo me encargaré de que no tengas ningún problema. Cierra el billete para mañana, ¿te parece?

—Lo siento. Voy a quedarme bastantes días más. No es para explicarlo por teléfono; Kika te lo puede contar, que está enterada de todo. Descuida, no necesitaré más dinero.

—¿Es que te ha salido algún trabajo?

—Puedes llamarlo así. Un trabajo fenomenal.

—Pues Horacio no me ha advertido nada...

—Es que hace días que no lo veo. Por cierto, ¡menudo plasta tu paisano! *Ciao*, querido.

A las seis de la tarde, el chófer del colombiano (que iba vestido de chófer como los de antes, con leguis negros y todo) recogió a Vanessa y su equipaje y, en un Rolls-Royce azul oscuro, la trasladó al Ritz. Mario César la esperaba en el gran salón de la planta baja, entre sillas Luis XV, bustos de mármol y alfombras orientales. Le dio un beso en la mejilla.

—Gracias, querida.

Suben en el ascensor, agarrados del brazo hasta el segundo piso. La suite es inmensa: un gran salón, un despacho, dos cuartos de baño, dos vestidores. Y la cámara nupcial. Vanessa, estupefacta, lo mira todo sin acabárselo de creer. Palpa las sábanas de hilo; su enamorado le explica:

—Las almohadas son de pluma de ganso...

Le abre los brazos. Y ella cae en ellos como en la gloria y se dan un beso que no termina nunca.

* * *

Aquella primera noche fue muy larga. O quizás muy corta; que cuando la luz del día rasgó los visillos de seda de la suite descubrió a Vanessa y a Mario desnudos y muy juntos, muy abrazados, y ella entreabrió los ojos y con mucho cuidado se separó de él, y mentira le pareció que hubiesen pasado diez horas desde que comenzara la función amorosa. Entonces estiró los brazos y se le llenó la sonrisa de felicidad y su gesto de infinita satisfacción, de absoluta dicha, su semblante saciado de gozo recordaba la expresión de Vivien Leigh en similar ocasión, después de haber experimentado las mismas deleitosas sensaciones con Clark Gable en *Lo que el viento se llevó*.

Con solícito mimo, acarició el pecho sombreado por el vello del hombre maravilloso que el destino le había deparado, teniendo buen cuidado en no despertarle. Mario respiraba suavemente, reposaba con placidez, que bien ganado se tenía el descanso después de la demostración de capacidad viril que había desarrollado a lo largo de aquella noche maravillosa, tan larga, tan corta. Y a Vanessa le dieron ganas de abrir de par en par las ventanas y asomarse a la hermosura de la *place* Vendôme y gritar su felicidad con toda la fuerza de sus pulmones.

Regresó a la cama, se arrebujó de nuevo junto a Mario, los ojos se le cerraron casi sin darse cuenta y volvió a quedar dormida. Cuando despertó eran más de las doce; estaba sola. Se incorporó de un salto, con cierta turbación, pronto convertida en júbilo: sobre la consola, una cuartilla escrita a mano le anunciaba: «Cariño, me he tenido que ir a la Bolsa. A las dos te esperaré en el bar. Eres maravillosa.» El elogio ya justificaba su alegría; pero es que, además, la esquela estaba prendida de un estuche, y dentro del estuche relucía un zafiro artísticamente montado.

Mientras se relajaba en la bañera de mármol rosa, el agua tibia y las sales le produjeron una muelle sensación de bonanza, de sosiego. Más de media hora pasó como en éxtasis. Y pensó. Pensó, más bien soñó, en perpetuar la dicha. Recordó las recomendaciones de Kika, que era ahora el ejemplo a seguir. La primera, satisfacer en la cama al amante al que se quiere retener, estaba más que cumplida. La segunda, elogiar su talento y sus méritos profesionales no le iba a resultar difícil, pues, evidentemente, los tenía. ¿Cuál era la tercera? ¡Ah, sí, amoldarse a sus aficiones! Todavía más fácil: lo que a Mario le apetecía era el lujo, la vida suntuosa, la buena comida y la mejor bebida. Ningún problema; antes al contrario, una gozada compartir semejantes preferencias.

Por último, Kika le insistió mucho en que jamás debían rechazarse los caprichos, las fantasías sexuales del amante. Ciertamente, en la primera noche de amor, todo se había desarrollado dentro de la más perfecta ortodoxia, con absoluta normalidad. Lo único en cierto modo anormal fue que un hombre ya maduro (cincuenta años declaraba) fuera capaz de repetir tantas veces las acometidas. Pero, en fin, quizás cuando tuviese más confianza...

Poco tardó, unas horas, en comprobar que, en efecto, ya con mayor confianza, Mario se revelaba como buen conocedor del *Kamasutra*, desarrollado y mejorado gracias a una imaginación fantástica. Habían cenado una *bouillabaisse* riquísima, dos docenas de ostras, erizos de mar y bogavante a la parrilla. Debe de ser verdad que los mariscos tienen gran poder afrodisíaco, porque en cuanto llegaron a la suite le urgió para que se desnudara y, mientras lo hacía, sacó del armario una gran maleta y, de ella, unos zapatos negros de tacón muy fino y unas medias también negras y unas ligas rojas con rosetón, como las que llevan las cupletistas del *saloon* en los *westerns*, y una navaja y un sombrero cordobés y un mantón de manila asimismo negro.

—Vamos, cariño —le dijo, poniendo ojos lascivos—. Hoy haremos el amor con argumento. Te gusta, ¿verdad?

Dijo ella que sí, aunque sin mucho entusiasmo, y preguntó con cierto temorcillo para qué servía la navaja.

—La llevas en la liga, naturalmente. Como Carmen, *la cigarrera*.

Se fue al baño, para regresar disfrazado más o menos de bandolero andaluz, aunque, por fortuna, sin trabuco. Con semejante puesta en escena transcurrió la segunda noche, digamos, nupcial; menos intensa en cantidad, pero indudablemente pintoresca. Vanessa, a la vista de las reacciones de su amante, comenzó a temer que en días sucesivos aumentara su inventiva. Por lo cual, a la siguiente mañana volvió a comunicar con Kika.

—Todo va muy bien, estupendamente; es encantador, generoso, amable y no para de decirme que está muy enamorado.

—Magnífico. Ahora depende de ti amarrarle bien. ¿Recuerdas todos mis consejos?

—Por eso te llamo. Aunque la primera noche no lo pareció, me está dando la sensación de que para la cosa del sexo es un poco rarito.

—No te extrañe; casi todos los hombres tienen manías. Tú síguele la corriente, siempre que no se propase. Quiero decir que, de sadismo, nada. Pero si le divierte, por ejemplo, que te disfraces de madre abadesa para hacer el amor, pues nada, chica, te pones las tocas y a pasarlo bien.

Resultó más complicado. La vistió de torero, aunque no del todo. Con la chaquetilla tabaco y oro, la camisa blanca rizada, corbata roja, las medias sonrosadas y las zapatillas. Y nada más. (Perdón: el estoque de madera.) Puso un *long-play* con pasodobles clásicos, *Pan y toros, Pepita Greus, Manolete, Marcial, eres el más grande*. Después, según costumbre, se fue al cuarto de baño, para reaparecer sin más prenda que un casco vikingo, con largos cuernos.

—¡A ver si me haces una buena faena! —la animó.

* * *

Pues a pesar de sus excentricidades eróticas, Mario César era un amante perfecto. Con detalles constantes y no sólo materiales; también de los que revelan una exquisita atención hacia la mujer querida. Y Vanessa se lo agradecía con sus cuidados, sus amabilidades, su solicitud, ya no por cumplir las sabias indicaciones de su amiga, sino porque cada día le gustaba más y se encontraba más dichosa a su lado.

Recordaba, sin embargo, y eso le producía inquietud, que el día que le conoció en Maxim's había dicho que le quedaba poco tiempo de estar en París. Nunca más hablaron de ello. Pero fue Mario quien volvió a mentarlo, la tarde en que la llevó a conocer el *bois de Boulogne*, tan propicio para el paseo de los enamorados (y para ligar con las busconas y con los chaperos).

—He de decirte algo muy importante. O, mejor, varias cosas. La primera y principal, que me he enamorado de ti. Sí, cariño, no es por halagarte; a mi edad y en mi situación, comprenderás que no tengo por qué hacer el paripé.

—Yo también te quiero —le confesó Vanessa. Y no dejaba de ser cierto.

—Dentro de tres días debo regresar a Bogotá. No puedo demorar más el viaje.

Puso su mano sobre los labios de Vanessa, que iba a decir algo y cuyos ojos se habían sobresaltado.

—Pero te pido que vengas conmigo. Ya comprendo que así, de pronto, dejar tu familia, tu casa, incluso tu profesión, ha de resultarte muy difícil. A cambio de ese sacrificio, sólo puedo pedirte que te cases conmigo.

Le cogió tan de sorpresa que tuvo una reacción absurda. Sólo dijo ¡Mario! y se precipitó en sus brazos, sollozando, más bien hipando.

—Si estás de acuerdo, mañana mismo doy las instrucciones a mi oficina central para que lo tengan todo preparado. Tú eres soltera y yo divorciado. No habrá ningún problema.

Volvió a decir ¡Mario!, siguió gimoteando y, por fin, hizo lo que desde un principio debió hacer: darle un beso apasionado.

* * *

Hasta dos días después, es decir, la víspera misma del viaje, no se le ocurrió que tenía que avisar a sus padres. Aunque, pensándolo mejor, decidió contarles que le habían contratado unas galas en la televisión colombiana, sin referirse para nada al matrimonio. Desde allí ya se lo explicaría, sin tiempo para que reaccionasen. Al *sinyor* Chimo no le iba a saber mal que se casara con un divorciado (sobre todo, siendo tan rico), y doña Amparo, además de llorar bastante, aplicaría muchas misas por la salvación de su alma. A tal extremo de frialdad y desapego había llegado en su condición de hija.

Kika se llevó un alegrón, vaya suerte que has tenido y lo orgullosa que me siento de haberte encarrilado en esta vida, le dijo. Añadiendo nuevos y no menos prudentes consejos sobre su conducta una vez casada e, incluso, previsora que era, para el caso de que el divorcio tardase poco en llegar. Con Monique almorzaron ese día; Mario César, tan detallista, quiso entregarle un obsequio, como recuerdo agradecido.

Tenían el equipaje a medio hacer; Vanessa había comprado un maletín para las joyas (que algunas y buenas tenía ya), aconsejada como siempre por su futuro esposo, pues no iba a llevarlas puestas en el avión. Que salía a las 18 horas, las seis de la tarde, del jueves. Y el jueves se levantaron a las once y, entre bromas, terminaron con las maletas, después se asomaron al balcón que daba a la *place* Vendôme, para despedirse simbólicamente de París, y Mario tuvo una de sus ocurrencias:

—La despedida tiene que ser más cariñosa, porque esta ciudad se lo merece. Aquí ha comenzado nuestra felicidad; de modo que vamos a hacer el amor por última vez en París.

Dejaron medio en tinieblas la habitación y se metieron en faena. Estaban en los primeros escarceos, cuando llamaron a la puerta. No podía ser la camarera; además de que estaba colocado el natural cartelito de «*Do not disturb*», la camarera siempre tocaba el timbre. Sin tiempo apenas para que Mario se pusiera el batín, la llamada se repitió.

Una llamada violenta, unos golpetazos duros y escandalosos.

Entró por delante un señor calvo, con gruesos bigotes negros y gesto avinagrado, al que seguían dos gendarmes.

—*Monsieur Benítez, Mario César?*

—*C'est moi.*

(Aunque toda la conversación iba a transcurrir en francés, la ofrezco traducida para comodidad de mis lectores, si bien no dudo de su dominio de la lengua de Molière.)

—Queda usted detenido. —Le mostró un papel—. Órdenes de la Interpol.

Mario reaccionó con admirable serenidad.

—Perdóneme, señor inspector...

—Comisario —le corrigió.

—... señor comisario, debe de tratarse de una confusión. Tengo la nacionalidad colombiana; en mi país es bastante frecuente mi apellido. Mi pasaporte está en regla; permítame que lo recoja de la mesilla, para que lo compruebe.

—Me tiene sin cuidado. Le repito que son órdenes de la Interpol recibidas por fax y lo único que tengo que hacer es cumplirlas.

A todas éstas, Vanessa, con el susto que puede suponerse, seguía en la cama, con la sábana hasta el cuello, cubriendo su desnudez.

—Insisto en que es un error. Si me permite, llamaré a mi embajada y le aclararán quién soy. También pueden informarle en el Crédit Lyonnais, oficina central.

—Lo que es usted ya nos lo dicen en el fax...

Se puso unos lentes pequeños, con montura metálica, y fue leyendo:

—Dirige una de las mayores redes de narcotráfico de su país, con ramificaciones en España, Italia y Gran Bretaña. Está reclamado por el fiscal antidroga de Madrid, como responsable de un envío de quinientos kilos de cocaína, intervenidos en el puerto de La Coruña. Reclamado también por los tribunales británicos por haber introducido por las costas de Dover un cargamento de hachís, valorado en dos millones de libras. Se calcula que el pasado año facturó más de cinco millones de dólares en tráfico de distintas drogas, especialmente cocaína...

Mario intentaba mantener una postura digna; a Vanessa le temblaba todo el cuerpo.

—¿Quién es la joven que está en la cama? —preguntó con acritud el comisario—: ¿Su mujer? ¿Su novia? ¿Cómo se llama?

Tuvo un rapto de lucidez; pensando en salvar la responsabilidad de Vanessa, y aun a trueque de dejarla en muy mal lugar, encontró la flema suficiente para hacerle un guiño de pícara complicidad al policía y decirle con cierto aire confidencial:

—No sé su nombre, compréndalo. Me la ha enviado madame Duclós; imagino que sabe de quién se trata.

—*¡Oh, là, là,* madame Duclós! —repitió con cierta admiración el comisario—. Buen material el suyo, aunque caro.

Los gendarmes comentaron algo entre ellos, en voz baja. Recobró el comisario toda su autoridad y, nuevamente, en tono conminatorio, ordenó:

—¡Señorita, salga de la cama! —Vio su gesto compungido y se dirigió a uno de los gendarmes—: Coja aquella bata que está en el sillón y entréguesela...

Procurando enseñar lo menos posible, Vanessa se la puso.

—Ahora vaya al baño, a vestirse. Nada de tonterías, ¿eh? —Y a Mario—: Le digo a usted lo mismo. Si me da su palabra de honor de que no intentará ninguna estupidez, no le colocaré las esposas. Me he dado cuenta de que aquí, en el Ritz, le tienen en mucha consideración. Claro: ladrón de guante blanco...

—Oiga, comisario, yo le ruego... —intentó protestar Mario.

—Usted se calla. Quedan intervenidas todas sus pertenencias, de las que se harán cargo los gendarmes. ¿La puta ha traído algo?

Otra vez le llegó la inspiración:

—Ese maletín pequeño.

Vanessa salió del cuarto de baño, acabando de abrocharse la blusa. Ahora, el policía la tuteó:

—Coge tu maletín y vete. ¡Ah!, saluda a madame Duclós, de parte del comisario Mercier. Y dile que elija mejor a sus clientes.

Hecha un flan, tomó el maletín, dijo muy tenuemente *merci*, y estaba ya en la puerta, cuando el comisario tuvo un detalle de caballerosidad a la francesa. (Y de profundo sentido social.)

—Un momento. —Y, dirigiéndose a Mario—: ¿Le ha pagado a la chica su trabajo...?

—No, claro que no. Con las de madame Duclós es costumbre hacerlo después.

—Pues liquídela, que ella no tiene la culpa de que sea usted un sinvergüenza internacional.

—Con permiso...

De la billetera que tenía sobre la mesilla cogió mil francos y se los dio a Vanessa, que no se atrevió ni a mirarle a la cara. Y lo más de prisa que pudo, salió de la suite.

—¡Qué barbaridad, qué precios! —se escandalizó Mercier, y dispuso—: François, quédese aquí hasta que lleguen los demás para llevarse las cosas. René, encárguese del detenido. Yo iré detrás.

Dio un vistazo a la suite mientras Mario se vestía y, en cuanto estuvo listo, ordenó con energía:

—*Allons-y!*

(Considero innecesario traducirlo.)

* * *

Hasta que no pisó Barajas, llegadas internacionales, no respiró tranquila. Había pasado el viaje acurrucada en el asiento, sin soltar un instante el maletín de las joyas, muy sujeto con las dos manos, apretado sobre los muslos. Recordaba la peripecia de aquella mañana y al hacerlo volvía a sentir escalofríos. Porque el tiempo que duró la dramática escena, a ella le pareció una eternidad, sus pensamientos se le habían apilado.

Se acordó en seguida de sus padres; por vez primera en muchos meses les echó de menos y hasta sintió la necesidad de contar con su cobijo. Añoró la tranquilidad de su pueblo, la rutina de cada día, los paseos al atardecer por la plaza, chicoleando con los chavales, tan vulgares, tan sosotes, pero tan inofensivos. Incluso hizo por rezar y musitó una salve a trozos, incompleta, porque ya no la recordaba entera.

Con las ideas y las sensaciones atropellándose

en su cabeza, llegó a lamentar su vida trivial, tan inconsistente y frágil. En aquellos momentos la hubiera cambiado, sin la menor duda, por la aburrida existencia de sus antiguas amigas de La Pobla, que se han casado y tienen hijos, y sus maridos, que se han puesto gordos, las llevan a Valencia, cuando las fallas, y les regalan broches de bisutería y espantosos trajes *prêt-à-porter* y hacen el amor los sábados, como está mandado.

Todo le parecía mejor que encontrarse desnuda dentro de la cama con almohadones de pluma de ganso, en un hotel maravilloso, bajo la mirada acusadora de un policía, que acababa de descubrirle la triste realidad del hombre del que estaba enamorándose. ¿Cuántos años tendría que pasar en la cárcel su amante ideal? ¿Se vería complicada en el asunto, la llevarían detenida, le cortarían el pelo al cero, como hacen en las prisiones americanas de mujeres?

Un infinito terror se había apoderado de ella. El corazón le golpeaba con fuerza, un sudor gélido chorreaba por sus mejillas, aguando el maquillaje. Los minutos se le hacían horas, la angustia la dominaba. Y el remordimiento, debía de ser la voz de la conciencia, parecía repetirle sin cesar que era ella la única responsable de lo que le ocurría.

* * *

Pero todos sus propósitos de enmienda, todas sus santas intenciones, se borraron de golpe en cuanto llegó a Madrid y se sintió libre de la pesadilla y un mozo de equipajes le pidió un autógrafo y el taxista que la llevó al apartamento le aseguró que no se perdía un programa suyo y que vaya faena la de Arenas, qué bien nos ha venido a la gente de izquierdas para demostrar la hipocresía de los fachas, así que no le cobro la carrera, faltaría más, es usted una tía colosal y dispense la manera de señalar. Volvió a ser Vanessa Torcal; Amparito Bonastre se perdía de nuevo en el pasado.

* * *

Se desplomó en la cama. Más de diez horas de sueño le devolvieron su talante habitual, su desenvoltura, su seguridad en sí misma. Ni que decir tiene que telefoneó a Kika antes que a nadie. Sí, sí, estoy en Madrid, le dijo, ante la natural sorpresa de su amiga, ya te contaré, ha sido como una aventura de película, increíble, he pasado mucho miedo, pero aquí me tienes, sana y salva. ¿Cómo? ¡Y tanto peligro! No te lo vas a creer; a eso de las doce iré a verte. Prepárate, porque esta vez te gano en experiencias apasionantes...

Leocadio también se extrañó de su regreso.

—¿No me dijiste que tardarías en volver? ¿Qué ha pasado con aquel trabajo?

—Al final no hubo nada; ¿nos vemos esta tarde?

—Imposible, querida, tengo programa.

—¡Es verdad, que hoy es viernes!

—¡Y qué programa! ¡Otro bombazo! No te lo pierdas; te entusiasmará.

Había tenido una de sus ideas geniales: repetir en el plató de «Rifa caliente» la ceremonia del (presunto) matrimonio entre Rodolfo y Julián, los dos homosexuales que en el mes de agosto se habían casado (es una forma de hablar) en el Ayuntamiento de Calviá, gracias al amplio talante progresista de la alcaldesa socialista, doña Margarita Nájera.

El estudio estaba a reventar. Se había reproducido fielmente el escenario original y la alcaldesa en persona (recibida con delirantes ovaciones por el público) ocupó el sillón presidencial del supuesto salón de actos del municipio. Entró primero Julián, todo vestidito de blanco y los vítores retumbaron en el estudio. Minutos después hacía su aparición Rodolfo, también de blanco (y radiante), y el deliro de los espectadores llegó al máximo. Dada la singularidad del festejo nupcial, el primero que se celebraba en España con semejante ritual, *compromiso de convivencia* dijo la prensa que debía denominarse técnicamente, nada menos que 35 parejas de padrinos testimoniaban el acto.

La alcaldesa de Calviá, consciente de estar bisando ante millones de telespectadores la gloriosa efeméride ya protagonizada por ella misma durante el verano, ofició la ceremonia con rigurosa solemnidad, casi tanta como la del cardenal-arzobispo de Sevilla cuando casó a la infanta Elena con don Jaime de Marichalar. Preguntó a los contrayentes si habían decidido libre y voluntariamente convivir como pareja, compartiendo todos los buenos y los malos momentos que les deparara la vida, dijeron ellos por su orden que sí, y se cambiaron los anillos, mientras el entusiasmado público lanzaba una lluvia de pétalos sobre el *matrimonio*, que confirmó sus rectas intenciones de futura fidelidad dándose un beso atornillado, recogido por la cámara en primerísimo plano.

Como había hecho en la ceremonia original, la

intrépida alcaldesa entregó a los desposados un *libro de familia*, que naturalmente se había inventado, y les deseó felicidad osculeándoles en la mejilla. Además, les regaló un poema de García Lorca (muy propio) y alabó su actitud, «por haber abierto de una manera valiente el camino a otros», frase calurosamente celebrada por el público, entre el que se encontraban, como puede suponerse, muchos *otros*.

Después, los recién casados, la alcaldesa y algunos padrinos fueron entrevistados en directo, y Rodolfo *(Ruddy)* y Julián manifestaron lo dichosos que se sentían y que aunque la ley, evidentemente retrógada, no reconociera su matrimonio, ellos se consideraban casados y muy casados y que se marchaban de luna de miel a la India, aprovechando los quince días de vacaciones por boda que según la legislación laboral les correspondían. Todos los entrevistados coincidieron en criticar el incalificable olvido que el ordenamiento jurídico mantiene respecto de los enlaces conyugales entre gays, cuya normalidad resulta indiscutible. Doña Margarita, la alcaldesa socialista, tras presumir de que su municipio «es pionero y siempre va por delante», consideró que lo sucedido era «profundamente tierno», para agregar enfáticamente que «oponerse a este tipo de cosas es un poco rancio». Los aplausos echaron humo, como suele decirse.

* * *

Los marqueses de Novadaya estaban viendo el programa, pues se habían hecho asiduos de «Rifa caliente», sin duda por comprensibles motivos de gratitud. Pero cuando la civilizada alcaldesa inquiría si los consortes se prometían ser fieles de por vida, Mimí no pudo más:

—¡Cambia de canal, Arcediano, por favor! ¡No aguanto esta mascarada!

—Pero, mujer, si queda muy divertida.

—¡Anda, anda, que, a este paso, no sé adónde vamos a llegar! ¡Para eso tenemos un gobierno de derechas, para que consienta semejantes mojigangas!

—Que no es de derechas, querida; que es de centro.

—Pues se ha torcido. Venga, zapea; en La 2 dan una película antigua, de las que me gustan, porque no salen gorrinadas.

Cambió de canal el marqués, con cierto fastidio:

—Yo es que quería enterarme de cuál de los dos mozos es la novia. ¿Lo has adivinado tú?

—¡No digas majaderías! ¡Llamar boda a semejante mamarrachada constituye una burla soez contra el sagrado vínculo!

—De todos modos, y bien pensado, esta clase de bodas tiene una ventaja: nadie puede malmeter diciendo que la novia se ha casado de penalti...

VIII

CADA CUAL, A LO SUYO

Llevó a Juanita a almorzar a El Landó, de cuya cocina era asiduo. Ella no lo conocía.

—¿Pero cómo es posible? Se trata de uno de los restoranes más celebrados de Madrid. ¿En qué mundo vives?

—Ya te lo dije el otro día: mi marido se debe a su oficio y ese oficio le impone un absoluto control de determinados placeres, como el de la mesa, que para el resto de las personas son normales.

—También me contaste que viaja de continuo y que ahora ya no sueles acompañarle. Entonces, ¿qué haces cuando te quedas sola?

—Voy a Puerta de Hierro. He hecho amistad con algunas señoras, todas mayores que yo, las mujeres de los socios más asiduos. Charlamos, comemos juntas, no demasiado, porque ellas se preocupan mucho de no engordar, jugamos a las cartas...

—Un programa verdaderamente siniestro. No intentarás convencerme de que eso te divierte...

—Bueno, al principio no lo pasaba mal. Comencé a ir acompañando a Pepelú, que se entrena casi siempre allí. Era un mundo que yo desconocía; y me atrajo. Son gentes de una clase social con la que nunca me había rozado. La verdad es que aprendí bastante de ellas. De su elegancia, de su desenvoltura, de su curiosa filosofía. Por ejemplo, hablan de las amantes de sus maridos con una indiferencia que me sorprendió. Parece, en ocasiones, que presuman de que la querida del suyo es la más guapa de todas...

—En ese aspecto, supongo que no tendrás queja del campeón...

—Ninguna, ¡por Dios! Aunque no le doy mérito a su fidelidad. La cosa del sexo le trae al fresco. Y no por falta de oportunidades; que, entre su fama y lo guapo que es, reconocerás que está muy bien, le sobran proposiciones. Pero ni caso; el golf, sólo el golf...

—Entonces, perdona la pregunta, ¿por qué te casaste con él?

—Eso mismo he pensado muchas veces. Yo estaba harta de la vida provinciana, del ultramarinos de mi buen padre, de la gente aburrida que me rodeaba. Madrid fue para mí como una liberación; y no porque hiciese ninguna locura, pero me encontraba dueña de mí misma, ¿comprendes? Entonces conocí a Pepelú, de una manera curiosa, como en las películas...

Calló unos segundos; juntó las manos y esbozó una sonrisa amarga.

—Me gustó físicamente; al tratarle, advertí en seguida sus limitaciones, por otra parte bien notorias, y pensé que podría ayudarle a superarlas, moldear a mi gusto su carácter elemental, casi infantil.

Él es bueno, eso no puedo negarlo; y al principio se dejaba llevar. Pero de repente le llegaron los triunfos y la fama y los contratos, y se obsesionó.

—Ocurre muchas veces. Las personas sin suficiente formación no saben encajar un cambio tan radical. Hay numerosos ejemplos; toreros, futbolistas, cantantes...

—Pero la reacción de Pepelú no fue la normal en esos casos. No se aprovechó de su nueva posición para comprarse un deportivo último modelo, ni nos fuimos a vivir a Somosaguas, ni me regaló joyas, ni tampoco buscó una amante maravillosa, ni le dio por jugar en el casino. Se concentró de forma exclusiva y excluyente en el golf; se hizo monotemático en su conversación, en sus ambiciones, en su vida cotidiana: golf y nada más que golf.

—Alguna otra afición tendrá. El cine, la música, los toros...

—Golf y nada más que golf. Bueno, el año pasado fue a jugar un torneo a Sudáfrica, le llevaron a un safari y parece que le gustó tanto que hace poco ha participado en otro, en Zambia. Claro que le acompañaban unos federativos y también acudía Tiger Woods, que es su ídolo.

—¿Y tú por qué no fuiste?

—¡Quita, quita! Me espantaba el panorama: elefantes, rinocerontes, fieras, moscas tsé-tsé, negrazos, tiendas de campaña... Y cuando acabaran de pegar tiros, a comentar todos el último Máster de Atlanta...

—Si te digo la verdad, no te entiendo.

Sí que entendió al elegir el menú y el vino, y Ángel, siempre gentil, les invitó después al licor, ¿cuál prefieren los señores?

—Marc de champán. ¿Te parece?

—Como puedes suponer, no lo he tomado nunca. En realidad, sólo bebo contigo.

—¿Y te sabe mal?

Ella dijo que no con la cabeza y le regaló una sonrisa dulce, casi cariñosa, y Alberto le cogió la mano y se la devolvió. Aunque sabía dosificar a la perfección el flirteo; de modo que, aparentando una súbita preocupación profesional, le dijo:

—Me figuro que habrás traído los documentos que te pedí. He estado dándole vueltas al asunto y, desde luego, hay que arreglar cuanto antes lo de vuestros impuestos. Después, en el bufete, te explicaré mi idea...

Después, en el bufete, la conversación no se apartó un solo momento del tema jurídico. Le aconsejaba crear una sociedad que percibiese las ganancias de su marido y que contratara con él una exclusiva, pagándole unas cantidades nada excesivas. También, como su régimen conyugal era el de gananciales, podía Juanita recibir directamente parte de los ingresos en dinero negro.

—Para todo eso, naturalmente, hay que contar con la conformidad de Pepelú —precisó, en severo ejercicio de su condición de letrado.

—Por supuesto. No te preocupes; estará de acuerdo.

—¿Cuándo regresa de Alemania?

—El jueves, creo.

—Pues me llamas, para que os reciba a los dos.

El viernes, a media tarde, el matrimonio fue recibido por Alberto, tras aguardar bastantes minutos en una sala de espera decorada con los varios títulos del director del bufete —licenciado, doctor, máster en derecho financiero y en comunitario, curso de la Escuela de Prácticas Jurídicas—. Y, sobre la consola, una horrible terracota que representaba la figura de un abogado, en vibrante gesto oratorio (regalo de un cliente agradecido y hortera).

Se apresuró a felicitar a Pepelú por su éxito en el Open de Berlín, otro más en su larga lista —de la que le citó los más recientes—, se reconoció devoto admirador suyo y le dijo que Juanita le había explicado el absurdo sistema que venía siguiendo para percibir sus ganancias.

—De manera que le sugerí que hay varios procedimientos, todos legales, por supuesto, para que el fisco os resulte menos gravoso. ¿Comprendes?

—Sí.

—Primeramente, fundar una sociedad que figure como titular de sus derechos. Una sociedad familiar; con tus padres.

—No tengo padres.

Dudó unos instantes el letrado.

—Pues con los padres de Juanita, si te parece.

—Vale.

—Además, algunos cobros deberán hacerse a nombre de tu mujer, lo cual es bastante frecuente; lo he usado en casos parecidos. Como tenéis separación de bienes, desgravamos tus ingresos y, aunque los de ella aumentarán, la diferencia en las deducciones a la hora de pagar es considerable.

—Bueno.

—Pues, entonces, si estáis de acuerdo, prepararé toda la documentación. Tus padres —se dirigió a Juanita— tendrán que ir al notario.

—No hay problema; yo les pondré en antecedentes. Aunque, perdona, ¿eso les supondría algún gasto?

—Todo lo pagará la sociedad. —Y a Pepelú—: ¿Tienes algún viaje en perspectiva? Porque como tú no paras...

—El veintisiete, Londres. Open puntuable para el Gran Slam.

—Creo que podremos dejarlo todo arreglado antes de que te vayas. Por cierto, cuando estés en Londres, procura ir a comer el *roast-beef* de Simpson's.

Naturalmente, lo dijo con muy mala uva. Pero el campeón ni se enteró; Juanita, sí.

—Demasiadas calorías... —fue su comentario.

A la salida, Pepelú opinó:

—Un tío listo...

—Y tiene fama de ser un águila en los temas fiscales.

—Estupendo.

—Verdaderamente, hemos estado haciendo el tonto durante todos estos años.

—Seguramente.

—Entonces, ¿estás contento? ¿Te ha convencido Alberto, quiero decir, el abogado?

—Ya te lo he dicho. Además, entiende de golf: es admirador mío.

* * *

Había recogido la carta de Voro en el buzón; tenía, además, varias llamadas suyas grabadas en el contestador. Pero hasta dos días después no se decidió a comunicarse con él; le fastidiaba tenerlo que alojar, aunque comprendió que no podía negarse.

—Pero que de verdad sean sólo unos pocos días...

—Ya lo verás. Tampoco a mí me divierte no tener independencia, ¿sabes, Amparito?

—¡Y no me llames Amparito! Aquí soy Vanessa para todo el mundo.

Cumplió su palabra, porque su amigo, el batería, logró colocarle como *drag-queen* en la misma discoteca donde trabajaba. E incluso le prestó un dinero para que comprara los complicados elementos que integran la caracterización de estas gentes: una frondosa peluca roja, pantalones dorados muy ceñidos, casaca damasquinada para llevar sin nada debajo, luciendo el tórax; tórax que conviene decorar con tatuajes; se aconseja asimismo prender de las tetillas algún arete o colgajo de metal. Las lentillas de color amarillo son muy recomendables para llamar la atención por la noche. Y, lo más importante: el calzado. Zapatos blancos, con tacón macizo de altura nunca inferior a los diez centímetros.

Cuando Voro dio con ellos los primeros pasos estuvo a punto de romperse la crisma. Lucas, el batería (los colegas le llaman Lulú), le advirtió que el trastazo era normal: todos habían necesitado varios días de entrenamiento hasta conseguir caminar sobre semejantes plataformas. Le sugirió asimismo que se prendiera algunas perlas, naturalmente, falsas, en las aletas de la nariz o en la barbilla; pero el neófito prefirió aguardar algún tiempo.

Disfrutó mucho maquillándose. Aumentó el perfil de los labios, rasgó los ojos con el lápiz negro, pintó de verde las mejillas y se tiñó una crencha encarnada en el pelo. Terminada tan laboriosa tarea de transformación, el espejo le devolvió su nueva imagen.

—Estás guapísimo —piropeó Lulú.

—Un poco exagerado, ¿no?

—¡Qué va! Ya verás a tus compañeros. Por cierto, no metas la pata, porque la mayoría son transexuales. Y hazte amigo de Priscila, que es el que manda.

En algunos pubs, salas de fiesta y discotecas, los *drag-queens* ejercen como relaciones públicas, ciertamente atípicos. Sirven para atraer a turistas avanzados y al pijerío nacional. Son un reclamo en sí mismos, sin necesidad de hablar ni de alternar con la clientela. Provocan sin molestar. A veces tienen que aguantar groserías de los noctámbulos que se bambolean entre vahos etílicos, pero están orgullosos de su singularidad, de que se les conozca como las *reinonas*.

Lo curioso es que bastantes de ellos tienen durante el día un puesto de trabajo normal y viven sin sensibles diferencias con el resto de ciudadanos. Aunque procuran coincidir varios en el mismo domicilio; cuando por la noche salen hacia el pub con su delirante caracterización, no faltan vecinos chinches y obsoletos que se niegan a compartir con ellos el ascensor y les llaman *bichos raros*.

Fue lo que le preocupó a Voro, el día de su debut.

—Oye, ¿y puedo ir así vestido en el metro?

—Como poder, claro que sí. Pero te recomiendo que cojas un taxi, teniendo en cuenta que algunos taxistas no querrán aceptarte. Tienes perfecto derecho a que te lleven, pero, en vez de discutir, es preferible que tomes otro con un conductor más civilizado.

Estaba viviendo en una pensión que le recomendó Lulú, donde todos los huéspedes (y el dueño/a) eran homosexuales; abundaban las parejas estables. Pasó alguna vergüenza los primeros días de trabajo, pero se habituó pronto y, como empezó a ganar dinero, estaba feliz. Incluso no se acordaba de Manolo, el organista, y olvidó también su xenofobia, pues varios compañeros eran de color.

Ya estabilizado síquicamente, quiso darle una sorpresa a su hermana. Una noche salió de la pensión dos horas antes de comenzar su horario laboral y sin previo aviso se presentó en su casa. Ella misma abrió la puerta; dio un grito, fue a cerrarla en seguida, pero Voro se lo impidió, metiendo uno de sus zapatones en el quicio.

—¡Que soy yo, Amparito! Perdona, Vanessa...

—¡Me has dado un buen susto! Anda, pasa... Pero aguarda aquí un momento, que tendré que preparar a unos amigos que están ahí dentro...

Eran Kika y Leocadio. El argentino se entusiasmó con el disfraz:

—¡Qué maravilla, qué ricura! —Y a Vanessa—: Oye, no me habías dicho que tenías un hermano tan guapetón.

—Pues ya lo ves.

—Tengo que llevarlo una noche al programa, desde luego.

—Pero te callarás el parentesco —dijo Kika, interviniendo por primera vez en la conversación.

Les contó lo entretenido que era su trabajo, la clientela tan curiosa que tenían en la discoteca, no vayáis a creeros que todo son gays, ¡a qué santo!, vienen chicos y chicas jóvenes en plan de divertirse, pero bien, y también señores mayores con aspecto respetable, ésos no suelen hacernos mucho caso. Ésos van a ligar con los chavales que están al descorche y se meten en seguida con ellos en los reservados...

—Total, que te veo encantado.

—Pues sí, Amp... —se corrigió—, Vanessa. Soy otro.

—¿Y de amores?

—Nada, nada por ahora. Estoy escarmentado.

Volvió a intervenir Kika:

—En esa discoteca habrá droga...

—No demasiada. Algunos troncos esnifan, hay uno que se pincha. Pero poca cosa.

—Mucho cuidado con eso, Voro. —Vanessa se estaba acordando del narcoenamorado de París.

—Tranquila, tía...

Pero claro que había droga. Lulú era asiduo del hachís desde hacía años. Desde que, con los quince recién cumplidos, estuvo en el palacio de los Deportes, en un mitin electoral y escuchó al señor Tierno Galván su histórica frase:

—¡...y ahora, muchachos, a ponerse al loro!

Muchos chavales, entre ellos Lucas (que todavía no era Lulú), siguieron el consejo del tan respetable *viejo profesor* y se aficionaron al porro, una afición inocente que don Javier Solana, a la sazón ministro de Educación, manifestaba públicamente compartir. Primer peldaño en la inevitable escalada, Lucas/Lulú siguió con la heroína y terminó en el hachís.

Una ascensión que también iniciaba Voro, ya

asiduo de los porros, aunque eso se lo había callado.

* * *

En las tardes de invierno, cuando son soleadas, los socios veteranos de Puerta de Hierro hacen tertulia en el salón, mientras las señoras juegan al bridge y los jóvenes patean el *green*. Se habla sobre todo de mujeres, pero de mujeres antiguas, Lana Turner, Anita Ekberg, María Móntez, Carmen de Lirio...

—El otro día, en la tele, desmintió que hubiese tenido amores con aquel gobernador civil de Barcelona, tan beato...

—Pues yo recuerdo perfectamente una manifestación de estudiantes, a los gritos de «Por la mañana, cirio; por la noche, Lirio...».

—Vaya usted a saber si era verdad...

Coinciden todos en la admiración por Ava Gardner y Juan Luis Montesanz, *el ingeniero*, sonríe pícaramente dando a entender que se acostó con ella; no presuma, querido, que también presumió lo suyo Mario Cabré y después se ha sabido que Ava, con unos cuantos martinis en el cuerpo, era capaz de llevarse a la cama a los cantaores del tablao flamenco y hasta a los camareros del Hilton.

—Pero qué mujer, señores, qué mujer...

—Convengamos en que ahora hay también hembras muy hermosas. Lo que nos ocurre es que las contemplamos a distancia, sin ningún mal pensamiento, con la misma y simple curiosidad estética con que podemos admirar un Velázquez.

Pero esa Claudia Schiffer... Y esa *Noemí* Campbell...

—¿Pero usted no era algo racista...?

Ríen. El conde de las Seis Torres se pone profundo:

—Ya nada es como antes: las costumbres, el contorno, las relaciones familiares, la sociología del país, la idea de la moral, y conceptos que teníamos por básicos, como el decoro público y el respeto a la autoridad...

—Eso especialmente —tercia Montesanz—. A mi nieto, que ya tiene quince años, le hablé el otro día de los serenos. ¿Recuerdan? Unos señores mayores, bueno, no tanto como nosotros ahora, con guardapolvo gris, gorra de plato y una garrota...

—En Madrid, la mayoría eran asturianos —precisa Novadaya.

—Exacto. Pues los jóvenes les teníamos un respeto enorme y si andábamos armando gresca por la calle, a las tantas de la noche, nos callábamos inmediatamente al divisar a lo lejos al sereno. ¿Y por qué? Sencillamente, porque representaba a la autoridad. Y, entonces, a la autoridad se la consideraba.

—Lo mismo que ahora —ironiza Seis Torres—, que esos delincuentes contra la propiedad, a quienes llaman *okupas*, apedrean a los guardias y no les pasa nada. A los guardias, sí; a ellos pueden procesarlos, si se les ocurre darles con la porra, por muy legítima defensa que sea.

Suspiran unánimemente, atrapados por la nostalgia.

—Y si hablamos de la indecencia... ¿Saben el

jueguecito que se ha puesto de moda entre ciertos matrimonios jóvenes? Cuando ya están ahítos de whisky o de droga, que aún es peor, meten en un sombrero o en un cubo las llaves de los respectivos automóviles, las mujeres van sacándolas, como quien saca las bolas de una rifa y se acuestan con el que les toca...

—¡Qué barbaridad!

—Me contaba mi yerno que tres parejas conocidas suyas, metidas en juerga, hicieron el juego. Y que una de las esposas estaba hecha polvo por su mala suerte: le había tocado hacer el amor con su marido...

De política hablan poco, para no ponerse de mal humor. Además, no puede haber debate, porque las opiniones son siempre coincidentes. Federico Seis Torres, que durante muchos años veraneó en Zarauz, hasta que en 1979 vendió el chalet, tiene una fijación con el País Vasco. Y aborrece al ex cura Arzallus, como siempre le llama, y a monseñor Setién, casi tanto como Alfonso Ussía.

—¡Que en las Vascongadas haya que proteger con gente armada la bandera nacional para que no la quemen! ¡Y que los bestias de HB se dediquen a incendiar comercios y a poner petardos sin que jamás les detengan...!

—Vamos, conde, no se altere, que le sube la tensión...

Pasan entonces al fútbol, donde, en cambio, las divergencias resultan notorias. Porque unos son hinchas del Real Madrid, otros, del Atlético; fiel a sus orígenes, Juan Luis es del Valencia...

—Aunque, bien mirado, todos son iguales. Cuando yo iba al fútbol, que ahora sólo veo por la tele, decíamos que los jugadores sentían sus colores. El único color que sienten estos mercenarios es el de los billetes de banco.

—Y, para colmo, ni los colores se mantienen. Yo, que soy colchonero de toda la vida, me encuentro de pronto con que las camisetas que le han puesto a mi Atlético ya no son a tiras como las de los jergones...

Vuelven fatalmente al tema femenino.

—¿Se han dado cuenta de lo guapísima que está Juanita, la mujer del campeón de golf? Va mucho más arreglada, se ha cambiado el peinado, incluso viste mejor, más atrevida. Parece talmente otra mujer...

* * *

No parece: es otra mujer. Se ha visto dos veces con Alberto en su bufete para perfilar los detalles del asunto de los impuestos; en ambos casos, el abogado se limitó a tratar sobre el tema legal. Por principio (y como debe ser), nunca en su despacho y con un cliente extralimita sus deberes estrictamente profesionales.

A Juanita le encanta esta seriedad, tanto como le admiran los conocimientos jurídicos de Alberto. Le escucha como en trance y, cuando sale de la consulta, reflexiona, medita y establece comparaciones. Pues este hombre, que tanto le gusta físicamente, que le ha sugerido una vida distinta y le ha reprochado la que lleva, ejerce su oficio con plena dedicación; y, además, tiene tiempo de alternar en sociedad, de viajar, de divertirse. Sin duda, piensa, y eso la encocora, las mujeres le acosarán...

Insensiblemente, como por presión del subconsciente, procura adaptarse a sus gustos, mejorar físicamente, hacer lo posible por atraerle. Le dice a su esteticista que le dé una imagen más moderna, más incitante. Compra trajes, se interesa por los modelos que llevan las mujeres elegantes, usa perfumes de calidad, ella, que jamás se preocupó de estas cosas.

En su última reunión, Alberto le ha aconsejado ir a Ávila para acompañar a sus padres en las gestiones de la notaría. Con su marido, por supuesto. Pero Pepelú no quiere, está metido de lleno en la preparación del Open de Inglaterra, decisivo para la puntuación del Gran Slam; no puede perder la concentración (esto de la concentración siempre le preocupa mucho). Y es él mismo quien sugiere:

—Que te acompañe el abogado.

Salen temprano, en el BMW de Alberto, que también conduce con gran pericia, aunque muy de prisa.

—Sí, ya sé que corro demasiado. Es como un vicio. Pero tranquila: no pasaré de ciento treinta...

Los padres de Juanita se alegran mucho al verla, eres una descastada, el tiempo que hacía que no venías a Ávila, tu hermano Enrique estuvo la semana pasada con su mujer y el crío, que ya tiene un añito y está guapísimo. ¿Qué tal tu marido?

—Como siempre, en lo suyo. No ha podido venir porque se está entrenando para un torneo muy importante...

—Ya leemos que sigue hecho un fenómeno —dice don Obdulio—. Hace poco le vimos en la tele...

Juanita presenta a Alberto:

—Además de abogado, gran abogado, es amigo. Por eso nos ha aconsejado que hagamos esto...

Intenta explicárselo, con especial hincapié en que no supondrá ningún gasto para ellos y sí, en cambio, muchas ventajas para el matrimonio.

—No se moleste; si la niña está conforme, nosotros también.

—El notario nos espera a las doce...

Es un notario de la fracción de los escrupulosos, subsección altamente concienzudos, que confirma cuidadosamente la personalidad de los otorgantes y lee de principio a fin la escritura de constitución de la sociedad, sin omitir una coma, pausadamente, haciendo de vez en vez alguna rectificación a lápiz, puramente de estilo, en el texto. Y cuando por fin termina, pregunta si la señora y el señor lo han entendido bien o quieren que repita algún párrafo; también efectúa algunas advertencias acerca de sus obligaciones y responsabilidades como gestores de una mercantil que se encargará de la administración de las actividades deportivas de don José Luis Trinchante, así como de sus ingresos por imagen, publicidad y patrocinio.

—En el borrador que usted me envió, señor letrado, decía *sponsorización*; pero ése es un anglicismo, que yo sepa, no admitido por la Real Academia, por lo que me he permitido corregirlo...

Firman, estrechan la mano del fedatario, que les acompaña hasta el vestíbulo.

—En tres días estará lista la primera copia de la escritura; ¿nos encargamos nosotros del registro?

—Desde luego —confirma Alberto—. Necesitaremos otra copia más...

—Ya lo suponía. Dígaselo al oficial, al que entregarán la provisión de fondos. He tenido mucho gusto.

Lo que satisface a Juanita es que aquel notario tan pesadito no haya manifestado ningún entusiasmo al pronunciar el nombre de su marido. Cosa rara, no debe sonarle...

Otra vez en casa de sus padres, don Obdulio pregunta al abogado:

—¿Alberto Marín? ¿No será usted pariente de un gobernador civil y jefe provincial del Movimiento que tuvimos aquí, de ese mismo nombre?

—Efectivamente: era mi padre.

—¡Cuánto lo celebro! —Su alborozo resulta manifiesto—. Hicimos muy buena amistad; yo, entonces, ¿sabe?, era concejal del ayuntamiento por el tercio familiar. Y a mucha honra. Su señor padre murió, ¿no es así?

—Hace tres años.

—¡Gran persona! También traté a su abuelo de usted, otro caballero, coronel de artillería, si mal no recuerdo, y medalla militar individual, ganada en Brunete...

—Conoce bien a mi familia, don Obdulio...

—Y me alegra de verdad conocer ahora a tan distinguido descendiente.

—Que es un genio del derecho, papá...

Juanita lo dice sin disimular su entusiasmo. Pregunta su madre:

—¿Se quedarán a comer? He preparado unas piernas de cordero riquísimas, recién asadas.

—Muchas gracias, pero me será imposible. He de regresar forzosamente a Madrid antes de las dos.

—Pero una cerveza sí que tomará. Y un poco de jamón, auténtico de Guijuelo.

—Eso sí, encantado...

Don Obdulio acapara la conversación, dedicada casi en exclusiva a glosar la personalidad del padre de Alberto, que tanto hizo por la provincia, y, además, sin llevarse un duro, no como estos de ahora.

—Lo lamento, pero se me está haciendo tarde. Sinceramente, he celebrado mucho conocerles.

—Aquí deja usted su casa y unos amigos.

Están a punto de subir al coche, cuando doña Juana se acuerda:

—¡Ah! Muchos recuerdos a tu marido.

Arrancan.

—No tengo nada que hacer en Madrid. Pero pienso que te apetecerá almorzar en Gredos conmigo más que con tus padres. Que, por cierto, son encantadores...

Juanita sonríe y no opina. Pero está bien claro.

* * *

Comen bien, beben mejor. El parador, el primero que se construyó en España, durante la dictadura de Primo de Rivera, explica Alberto, está lleno de parejas variopintas, matrimonios jóvenes, otros que ya no lo son tanto pero desafían el frío con impavidez, algún lío con aspecto estable y los inevitables recién casados. Históricamente, a los recién casados se les reconoce en seguida; los trajes nuevecitos, acabados de estrenar; las manos constantemente enlazadas; ojeras de felicidad en la mujer; gesto suficiente en el hombre; cierta actitud huidiza frente a los demás huéspedes. Sólo se les ve a las horas de comer; el resto de la jornada lo pasan encerrados en la habitación. (*Nota bene:* estoy refiriéndome a los recién casados clásicos; en ningún caso a quienes llegan al desposorio tras ejercitar unas intensas relaciones prematrimoniales.)

La belleza de la sierra de Gredos se alhaja con el encanto blanco de la nieve. Hasta ayer estuvo cayendo mansa, suavemente; porque la nieve acaricia los terrones y los árboles y las casas. (No como la lluvia, que cuando arrecia es despiadada, violenta, atafagante.) Ahora, remansada en las hojas y en las ramas, se derrite y espolvorea el suelo. Hace frío; ese frío serrano adusto, seco, que enjuga la piel y sosiega el espíritu.

Alberto sugiere un paseo por los pinares cercanos, aunque quizá con esta temperatura... Y Juanita le recalca que es de Ávila, sin recordar que lo mismo le dijo, hace años, a Pepelú, en ocasión parecida. Claro que las circunstancias son bien distintas; ella era, aquella mañana lluviosa del Retiro madrileño, una joven que buscaba su identidad, sin la menor experiencia sentimental y que coincidía por mero azar con un desconocido. Ahora, la mujer desencantada está, muy a conciencia, con este hombre que la atrae, que la complace por tantas cosas. Que, por eso mismo, la intimida.

—Estás muy seria. ¿Puede saberse en qué piensas?

—No lo sé; de verdad, Alberto. Tengo la cabeza hecha un lío. Estoy muy a gusto aquí, contigo; pero, al mismo tiempo, me siento incómoda, intranquila. Porque no está bien lo que hacemos.

—Aún no hemos hecho nada.

—Tú me entiendes de sobra; a veces pienso que adivinas mis pensamientos.

—Vamos a ver si eso es verdad...

La rodea con sus brazos, la atrae hacia sí, le da un beso cargado de deseo. Hay en ella un conato de resistencia, un amago de rebeldía; pero cede pronto y se entrega y coincide en la pasión de sus labios muchas veces. Cuando se separan, cruzan una mirada intensa, expresiva, larga, sobrada de elocuencia. Brillan en los ojos de Juanita unas lágrimas muy blancas que empañan su azul intenso. Descansa la cabeza sobre el hombro de Alberto, que le acaricia los cabellos mojados por los copos derretidos.

—Tengo miedo, mucho miedo... —dice, en un susurro.

Y él busca otra vez su boca y otra vez vuelven a besarse.

* * *

Llegó a casa a media tarde; Pepelú aún no había regresado del entrenamiento. Se dio una ducha tibia, frotándose con fuerza los labios y las mejillas, temerosa de las huellas, sin darse cuenta de que las que Alberto le había dejado quedaban muy hondas, eran imposibles de borrar. Porque nunca la habían besado así, nunca sintió una sensación igual. Quizá, tuvo que pensar, porque tampoco nunca había estado verdaderamente enamorada.

El campeón venía eufórico.

—Estoy en forma —anunció.

—Me alegro mucho. Oye, hemos estado en el notario de Ávila, con mis padres, arreglando...

No le dejó terminar:

—He hecho unos hoyos impresionantes.

—Ya está todo en orden; desde ahora, la sociedad, que se llama Deporgolf S. L., firmará tus contratos; tú cobrarás quinientas mil pesetas al mes. Nos ahorraremos varios millones cada año.

Pepelú, a lo suyo:

—Voy a ganar en Londres, seguro...

—Alberto... —vaciló unos segundos al pronunciar el nombre—, el abogado ha dado instrucciones a tu manager. El sistema comenzará a aplicarse en este torneo de Inglaterra.

—Lo malo es si llueve mucho...

—Ya estás acostumbrado. Me contaste que en Atlanta cayeron chuzos de punta.

—Sí, y menudo recorrido hice.

—¿Te has enterado bien de lo que te he dicho?

—Claro, mujer.

—Mis padres me han dado muchos recuerdos para ti.

—Gracias.

Aquella noche tardó en dormirse. A las tres de la madrugada seguía en vela; se levantó sin encender la luz, aunque hubiese dado igual, porque en la cama contigua, el campeón descansaba feliz, soñando seguramente con un *drive* de muchos metros. Con el salón a oscuras, volvió a intranquilizarse. Maquinalmente, sin apenas darse cuenta de que lo hacía, encendió la televisión. La televisión, a esas horas absurdas, suele programar las mejores películas. Están proyectando, una vez más, *Ca-*

sablanca. En aquel momento, Bogart le decía a Ingrid:

—El mundo enloquece y nosotros nos enamoramos...

* * *

Fiel a su promesa, Leocadio llevó a Voro al programa, acompañado por Lulú y por otros tres *drag-queens*. Al habitual público aborregado le entusiasmaron los sofisticados trajes, aquellos increíbles tacones, la originalidad de los maquillajes. Precisamente, el maquillaje de Voro disimulaba las ojeras amoratadas que se le estaban marcando, cuya causa era fácil adivinar.

Mientras esperaba en la sala de invitados a que le llamaran para comparecer ante las cámaras, había ido al servicio para esnifar una buena dosis. Fue después el más brillante, el más ocurrente, el más aplaudido. Pero cuando terminaron su actuación y se sentaron en el mismo plató, para seguir las demás atracciones del programa, le vino un sopor creciente y quedó medio alelado, con la vista nublada, ajeno a todo lo que sucedía a su alrededor.

Y eso, a pesar del interés que tuvo la presencia de una comparsa de moros y cristianos procedente de Elda. Sus trajes sí que son una maravilla de buen gusto, un alarde de lujo, las sedas de muchos colores, los turbantes relucientes, los bombachos pantalones bordados en oro y las caras tiznadas de los moros, desafiando la palidez de los cristianos, que llevan cascos rutilantes y casacas recamadas y botines, en lugar de las babuchas de sus presuntos enemigos. Unos y otros fuman puros, caliqueños retorcidos, inmunes a las apocalípticas advertencias de las autoridades sanitarias.

El problema de estos tipos estupendos, valencianos con sorna, guasa y socarronería para dar y tomar, es que ciertas firmas de la *progresía* intelectual, interpretando a su aire los derechos humanos, se han empeñado en que se cambie la histórica denominación de las tradicionales fiestas. Según tales mentecatos, el vocablo *moros* tiene una marcada intención peyorativa y es muestra de evidente xenofobia, por lo que debería sustituirse por *magrebíes* o alauitas. Tampoco aprueban la designación de *cristianos,* que al decir de semejantes majagranzas, no es de correcta aplicación porque engloba creencias y credos muy variados.

Así que los zamacucos pretenden que, en lo sucesivo y para bien de las relaciones hispano-marroquíes, tan boyantes después de los besos que se dieron el Rey Juan Carlos y Mohamed VI, las fiestas se titulen *de magrebíes* y *vaticanistas.* Además, como otra cuestión muy principal, que sean los súbditos de Alá quienes ganen la batalla y no, como desde siglos viene ocurriendo, los hasta hoy llamados cristianos.

Los cachondos de la comparsa se tomaron a pitorreo las lucubraciones de los progresistas pijos, se marcaron en el plató un simulacro de desfile con sus *filaes* y todo y se retiraron entre grandes ovaciones.

A Voro le sacaron del estudio medio a rastras entre sus compañeros.

IX

ECOS DE SUCIEDAD

Todavía faltan tres semanas para la Navidad; pero el excelentísimo ayuntamiento siempre se toma con mucha anticipación las tareas de embellecimiento urbano. Han comenzado, pues, a colgar los arcos de bombillas y los haces con luces de colores y los abetos que se iluminarán a partir de la Nochebuena y los mensajes de felicitación que también lucirán encendidos, con las frases de rigor en tales días. Con un elogiable afán ecuménico, quizá para celebrar el final del milenio, el municipio, en esta ocasión, desea a la ciudadanía felices pascuas y dichoso siglo nuevo en inglés, francés, alemán, árabe, japonés, griego, ruso y chino. También en todas las lenguas autonómicas: euskera, catalán, valenciano, bable, gallego, fabla aragonesa, panocho murciano, caló, mallorquín, guanche, andalusí y farfullo serrano. Incluso felicita en español (castellano, según la Constitución).

Desde la Purísima, antes Fiesta Nacional porque decían que era la Patrona de España y ahora oficialmente no, porque el Estado aconfesional y laico carece, lógicamente, de patronazgos religiosos, las gentes sólo piensan en los festejos que se avecinan; como suele decirse, tienen cuerpo de jota. Y andan especialmente gozosos, sobre todo en cuanto cobran la extraordinaria y se hacinan en los grandes almacenes y en las tiendas de comestibles, y los vecinos y los conocidos se saludan, al encontrarse, con una euforia inusual, incluso con cariño, pues ya se sabe que en Navidad todos procuramos ser mejores, *pax hominibus bonae voluntatis,* etcétera.

Alberto y Juanita se ven últimamente en un apartamento, pequeño, coquetón, muy bien puesto, que tiene el abogado en Pozuelo. Cuando una pareja de enamorados se ve, cobijada por cuatro paredes, en una urbanización alejada del centro y muy discreta, resulta ocioso aclarar que no lo hace tan sólo para mirarse. Pues el apartamento, aunque pequeño, como ya se indicó, tiene, además del salón, una alcoba, y en la alcoba hay una cama de las que llaman de canónigo; regularmente amplia, o sea.

En ella, y justamente el 4 de diciembre, festividad litúrgica de santa Bárbara, consumó Juanita su primera infidelidad. Con graves dudas de conciencia, con muchos nervios, incluso con cierta vergüenza. Sentimientos dignísimos que, sin embargo, dieron paso, en cuanto acabó el debut copular, a una total sensación de gozo, a una dicha infinita. Acababa de descubrir el placer del sexo; una asignatura que tenía pendiente, pues el campeón de golf no es muy ducho en la materia.

Ni que decir tiene que en sucesivas ediciones del apareamiento, que durante la semana siguiente tuvieron notable periodicidad, su entusiasmo fue aumentado todavía más. Al terminar la sesión el séptimo día, y como síntoma definitivo de su enamoramiento, tuvo un rapto de celos.

—¡Con cuántas mujeres habrás hecho el amor aquí mismo...! —dijo, aparentando un enfado que no tenía.

Alberto le mintió por primera vez. Siempre he respetado este lugar, aseguró con carita de bueno, únicamente lo usaba para descansar lejos del bullicio, para estudiar algún asunto difícil, en otras ocasiones. No te he ocultado mis devaneos, pienso que lógicos en un hombre soltero; pero íbamos a un hotel, a la propia casa de mi flirt...

La convenció definitivamente del modo más eficaz en estos trances: repitiendo el coito. Juanita olvidó por entero sus resquemores y se le volvió a entregar afanosamente, furiosamente. Parecía que deseaba recuperar en pocos días los años de felicidad sexual perdidos. Aunque, pasadas aquellas febriles jornadas, tuvieron que plantearse su inmediato futuro; Pepelú, que llevaba dos semanas por el extranjero, en sus triunfales giras de costumbre, regresaba el lunes.

—Me será imposible volver a vivir con él, Alberto. Me daría vergüenza mirarle a los ojos, estar a su lado, acostarme con él, y conste que me refiero a acostarme para dormir, porque en el otro sentido, te lo he contado, pocas veces y mal. —Dibujó una sonrisa traviesa—. Bueno, lo de mal lo he sabido gracias a ti.

—Entonces, sólo veo un camino: el divorcio, ya. No será difícil; tengo un socio en el despacho especialista en matrimonial. Dependerá de la actitud de tu marido. De que se oponga o, por el contrario, dé facilidades.

—Pues qué quieres que te diga. Como es tan especial...

De pronto le asaltó un remordimiento.

—Oye, ahora que caigo, ¿qué pasará con lo del dinero? Porque las ganancias gordas las está ingresando la sociedad y yo, por mi parte, también me llevo un pico... No podemos hacerle esa faena...

Alberto había comenzado a vestirse. Encendió un cigarrillo, como es de rigor en semejantes situaciones.

—Todo lo que se cobra a través de Deporgolf S. L. debe seguir siendo suyo. No hay problema en cambiar la titularidad de las acciones a nombre de quien él designe. Incluso podrían seguir figurando tus padres, ya que no se meten en nada y es su manager quien lo administra con los poderes que se le otorgaron.

—¿Y el dinero que cobro yo directamente?

Aspiró una bocanada, según también es preceptivo en estos casos.

—Eso tienes que decidirlo tú. Ahora, si quieres un consejo, creo que debes quedártelo. Sí, no pongas esa cara. A modo de compensación por haberte aburrido tanto durante cuatro años largos...

Juanita siguió poniendo cara de preocupación, pero no se manifestó al instante. Comenzó también a vestirse, se puso las medias y las bragas, el sujetador y, cuando iba a embutirse el traje, comentó:

—Tendré que pensarlo.

* * *

Los marqueses de Novadaya acaban de regresar de Fátima. No fueron en viaje turístico, sino para cumplir parte de la penitencia que su director espiritual les impuso como compunción por la inicua farsa que osaron interpretar, provocando un bochornoso escándalo e incurriendo en una retahíla de pecados gordos. En prueba de arrepentimiento, debían postrarse ante la milagrosa Virgen portuguesa, pedirle perdón por su infame conducta y limpiar del todo la conciencia, ya bastante aseada después de la confesión, mediante una piadosa eucaristía.

Arcediano se quedó con la duda de si su director espiritual cobraba comisión de la agencia de viajes, pues, a su entender, la contrición hubiese resultado igualmente eficaz manifestada ante la Virgen del Pilar, que cae más cerca. Pero silenció su recelo, voló hasta Lisboa con Mimí y cumplió a pies juntillas la pena impuesta. Que tenía un añadido, a su modo de ver más lógico, pese a resultarle harto gravoso. Consistía en dedicar un millón de pesetas, de aquellos obtenidos con tanta bajeza, a obras de caridad.

En el viaje de regreso, la marquesa estaba radiante.

—Ahora ya me siento tranquila, me he quitado de encima un peso muy grande. Debíamos haber ido a Fátima antes, en cuanto el padre Sala nos puso la penitencia.

—Ya te expliqué que me resultaba imposible; que tenía que cancelar la hipoteca y arreglar en el Barclays lo del crédito, con esa señorita Ana, que es un hueso. En cuanto todo ha quedado en orden, ya ves: obligación cumplida.

—¿También has repartido el millón?

—Estoy en ello, descuida.

—Pues a ver cómo lo haces. Ten mucho cuidado, porque ya no te puedes fiar de la Cruz Roja ni de muchas de las organizaciones que antes atendían a los necesitados y a los enfermos y que ahora se guardan el dinero, como habrás leído en los periódicos.

—Lo sé; he encargado a don Hipólito que me dé una relación de auténticos pobres, sobre todo de pobres vergonzantes, y haremos las donaciones directamente, sin intermediarios.

—Me tranquilizas. ¿Verdad que también te encuentras mucho más feliz después de hacer del todo las paces con Dios Nuestro Señor?

—Por supuesto, querida.

—Esta Navidad quiero que vayamos otra vez a la misa del Gallo, en la catedral, en vez de verla por la televisión, como en los últimos años hemos hecho, ¿te parece?

—Lo que tú digas.

—Y ofreceré la comunión también por esa pobre chica, tu supuesta amante; se llama Vanessa, ¿no? Creo que le vendrá bien, porque debe de llevar una vida la mar de disoluta...

* * *

Vanessa lleva la vida de siempre, ciertamente poco ejemplar según la visión de la marquesa. Acaba de grabar un spot televisivo, anunciando una marca de cerveza. Su impacto ha sido grande, y tanto la empresa fabricante como la agencia de publicidad están tan satisfechas que ya le han prometido un contrato para sucesivos anuncios. Pero los colectivos feministas pusieron el grito en el cielo porque, a su entender, se trata de una intolerable exaltación del más descarado machismo.

En el spot aparece Vanessa en biquini, en un supuesto chiringuito playero, coqueteando con un cachas, un mozo de amplios pectorales y verdes ojos, al que se insinúa con sonrisas picaruelas y miradas incitantes. El sugestivo maromo inicia un acercamiento a la bella seductora; pero aparece en primer plano la mano de un camarero, que le ofrece un botellín de cerveza y entonces el presunto seducido da un grito de entusiasmo, pronuncia el nombre de la marca y, dando la espalda con desprecio a la fermosa hembra, se echa al coleto un buen trago.

Para las celosas guardadoras de los derechos de la mujer, semejante anuncio supone la burda utilización de un personaje femenino, primero reduciéndolo a mero objeto, a simple instrumento sexual. Segundo, despreciando sus valores humanos, hasta el punto de considerar más importante una bebida alcohólica que una señorita de buen ver.

La flor y nata del feminismo andante, Lidia Falcón, Cristina Almeida, Matilde Fernández, acudió a una tertulia televisiva para manifestar su justa indignación ante tamaño desafuero. Adujeron sus argumentos de costumbre: la postergación femenina, el injusto trato que reciben las trabajadoras en el mercado laboral, la nefasta tradición machista del país. Para insistir con vehemencia en la palmaria realidad que todos los estratos sociales debían reconocer ya de una vez: no existe diferencia alguna entre el hombre y la mujer, son absolutamente iguales. El doctor Alfonso Cabeza levantó la mano pidiendo la palabra y comentó:

—Pues por mucho que os empeñéis, majas, nunca podré operaros de fimosis...

Le abroncaron.

El controvertido spot devolvió una vez más la popularidad a Vanessa. Aunque Kika, su consejera y maestra de costumbres, tuvo buen cuidado en refrenar su entusiasmo.

—La fugacidad de esta fama es todavía mayor que la de la televisión en general. Hay que encontrarte algo más seguro, que esté al margen de las modas y que dependa sólo de ti. Muchas veces lo comento con Rafa; a él también le preocupas.

En efecto; le preocupaba y, a la vez, le gustaba mucho. Tanto como a Kika. Y como empezó a vérseles siempre juntos y como la ambivalencia sexual de Kika era tan conocida como las fantasías eróticas de Rafael, la gente de su entorno comentaba por lo bajini lo bien que se entendía aquel trío. Algo debía de haber; a fin de cuentas, Vanessa sabía desde un principio que una de las recomendaciones de su amiga era la de atender siempre los caprichos del amante. Tampoco le disgustaba. Y, en definitiva, ellos eran sus únicos amigos, la compañía que necesitaba, quienes la aconsejaban, la atendían y la distraían.

Tan a gusto se encontraba que, cuando la invitaron a pasar juntos la Navidad, no lo dudó un instante. Le apetecía mucho más que irse a La Pobla de Farnals, donde ya sabía lo que podía aguardarle: todo aquello a lo que había renunciado sin pizca de nostalgia, sin ningún dolor. Incluía en el todo a su familia.

* * *

Tampoco Voro tenía pensado pasar las fiestas en casa. En realidad, Voro pensaba cada vez menos. Metido de lleno en la droga, incluso había tenido problemas en la discoteca y con sus mismos compañeros *drag-queens,* que, gracias a los buenos oficios de Lulú, no le trajeron consecuencias graves.

Había perdido kilos. El rostro demacrado, las orejas afiladas, unas ojeras violáceas traslucían otro derrumbamiento todavía peor: el de su voluntad. En el trabajo, la cosmética disimulaba su penoso aspecto; tan deprimente que él mismo se dio cuenta y optó por salir a la calle, cuando acababa en la discoteca, sin quitarse el maquillaje. De esta guisa, además, llamaba la atención y le resultaba más fácil ligar.

Porque la heroína y la coca y el hachís cuestan dinero; mucho más del que ganaba como *drag-queen.* Así que se prostituyó. Vagaba por los bares de la plaza de Chueca, bajaba ya de madrugada hasta Recoletos, merodeaba al atardecer por los locales donde se comercia con la carne masculina. Absolutamente degradado, no le importaba la condición ni el aspecto ni las exigencias de quienes se lo llevaban. Ni adónde; sólo le preocupaba conseguir algunos pocos miles de pesetas, que al siguiente día iban a servirle para comprar unas papelinas.

Fue distanciándose de Lulú, cuya afición a la

droga, en cambio, estaba en cierto modo controlada. Se unió con otros muchachos también prematuramente destruidos, y con ellos anduvo por los asentamientos gitanos, donde se ofrecen precios más bajos, a costa de adulterar el producto. Marchaban después a cualquier parte, un jardín, una calle, una casa abandonada, y allí se pinchaban, pasándose de unos a otros la misma jeringuilla y quedaban aturdidos, en falso éxtasis, tumbados como espantajos.

Regresaba a la pensión cuando el día clareaba; curiosamente, entonces sentía una cierta euforia, una absurda sensación de felicidad íntima. Caído en la cama, desfigurado el rostro por los churretes del maquillaje desleído, medio desnudo, su mente alucinada le hacía navegar por extraños paraísos. Hasta que volvía el sopor y le entraba un sueño inquieto, del que despertaba al cabo de varias horas.

El día de Navidad, Lulú, que pese a todo seguía sintiendo por él un afecto cordial, llamó a las dos de la tarde a la puerta de su habitación, para felicitarle las Pascuas; le llevaba unos dulces y una pastilla de turrón. Como no contestaba, abrió sin más y se lo encontró con los ojos cerrados, los brazos caídos y jadeando trabajosamente.

* * *

Acababan de sentarse a la mesa, adornada primorosamente por Kika. En un ángulo del salón-comedor, el árbol navideño se alegraba con bolas de cristal multicolores. Sobre el dintel de la puerta, el muérdago invitaba a las efusiones cariñosas. Habían bebido ya unas copas de champán, lo mejor es seguir con el Cliquot, dijo Rafael, y Vanessa suscribió la sugerencia con entusiasmo. Los tres habían cuidado sus vestidos; esta festividad requiere elegancia, advirtió la víspera la dueña de la casa a su amiga, para que no desentonara.

Sonó el teléfono; la doncella avisó a Vanessa.

—Es para usted, señorita...

No tardó en regresar, y lo hizo desencajada, con una turbación tan notoria, que Kika le preguntó en seguida qué ocurría.

—Han ingresado a mi hermano en Urgencias de La Paz, con una sobredosis. Está grave.

Rafael se levantó en el acto. También Kika.

—Vamos allá...

La menos decidida parecía Vanessa. Explicó:

—Ese amigo suyo, Lulú, que vive en la pensión, le ha encontrado medio muerto en su cuarto. Ha llamado en seguida a Leocadio, suponiendo que podría localizarme, ya que mi teléfono del apartamento no contestaba.

—Pues menos mal que le dijiste que almorzabas con nosotros...

Mientras bajan en el ascensor, a Vanessa sólo se le ocurre decir:

—¡También ha sido oportuno mi hermanito...!

* * *

—Podrá recuperarse —tranquiliza el médico de guardia—. Pero le encuentro muy débil, sin apenas defensas. Me preocupa su sintomatología. Quizás lo menos grave sea esto, una vez pasado el susto.

—¿Qué quiere decir?

—No debo alarmarles sin fundamento. Pero cuando le trasladen habrá que hacerle unos análisis...

Las dos mujeres se quedan junto a la camilla. Voro, adormilado, parece tranquilo. Rafael acompaña al doctor; ya en el pasillo, pronuncia la palabra tremenda:

—¿Sida?

—Es posible.

Sí; lo confirmaron los análisis. Todavía en una fase de incubación, que permitía concebir muchas esperanzas. Kika, que no se había separado un solo instante de su amiga, le planteó la necesidad de llevarle a Valencia.

—¿Al pueblo? —se asustó Vanessa.

—No, a la capital, a alguna clínica. Naturalmente, habrá que avisar cuanto antes a tus padres.

—Sí, ¡qué remedio!

Rafael se encargó de todo. Llamó a la Ciudad Sanatorial, contrató la ambulancia, incluso habló con el *sinyor* Chimo, porque a Vanessa, tras unas pocas palabras con su padre, le entró una congoja histérica y no pudo continuar. Rafael le quitó importancia a lo sucedido, una intoxicación, ya se sabe, estos días todos abusamos un poco. Y nada más.

Salieron a media tarde. Kika estaba empeñada en acompañarles, pero Vanessa no se lo consintió.

—Bastante os hemos hecho la puñeta. Quédate con Rafael y que acabéis las fiestas mejor que las empezamos...

—Pero tú sola...

—No te preocupes; ya soy mayorcita, ¿no crees? Además, ahora, de aquí a Valencia apenas se tardan tres horas por la autovía.

Se sentó junto a la camilla donde su hermano dormitaba, bajo los efectos de los analgésicos. Se había puesto el mismo vestido con el que llegó a Madrid; y como era de verano, se abrigaba con el visón. No iba maquillada; un toque de color en los labios, la cara lavada y el pelo recogido.

Durante el viaje, apenas tres horas, en efecto, tuvo tiempo sobrado para reflexionar. Curiosamente, casi repitió las mismas cogitaciones que tanto le atormentaron en el Ritz de París, cuando la policía detuvo a Mario César y ella estaba acurrucada en la cama. Sólo que ahora no iba a poder reaccionar tan de prisa; tendría que justificar demasiadas cosas ante sus padres. Aunque no se sentía en absoluto responsable de lo sucedido. ¿Seguro que no? Pues claro; Voro ya es mayor de edad, yo tengo mucho trabajo en Madrid y no iba a convertirme en su ángel de la guarda. Además, él no quiso saber nada de mí desde el primer día. Bien; su padre, como tolerante que era, lo comprendería. Su madre...; bueno, quizás le regañara entre sollozos y le diría lo de siempre, que todo era por culpa de la falta de fe cristiana y lloraría mucho... Lo peor era que no tenía excusa para regresar en seguida a Madrid. Aunque quizás Kika...

Finalmente, pues, Vanessa pasó las Navidades en familia. O, mejor dicho, Vanessa, no: Amparito Bonastre. Con el nuevo año, que esta vez era siglo nuevo, ya recobraría su personalidad.

* * *

El día de Inocentes se celebra en Puerta de Hierro una cena de gala. Como dice Montesanz, es la única forma de pasarlo bien en una fecha que antes resultaba divertida, por las bromas que se gastaban los amigos y los familiares, pero que prácticamente ha dejado de existir.

—Para inocentadas —añade—, las que nos colocan todos los días del año los señores políticos. Y, además, sin gracia.

Es ocasión para que las señoras luzcan sus modelos y sus joyas; esto, de poco tiempo a esta parte, porque en los primeros años del gobierno de Felipe González, cuando se desató la delincuencia, en buena parte gracias a las magnánimas reformas penales del ministro Ledesma, ninguna osaba ponérselas. A lo más, alguna réplica falsa y bisutería fina. Los caballeros van de etiqueta, buena costumbre tan perdida en esta época y destacan que en la fiesta no hay que aguantar las ordinarieces que son habituales en tales fechas.

—Ni confeti, ni matasuegras, ni serpentinas, ni narices postizas, ni gorritos ridículos...

—Diga usted que sí, que hay que ver lo pesada que se pone la gente plebeya, y hasta algunas personas bien, con dos copas de más, tirando a dar con las serpentinas y llenándole a una el escote de confeti, con lo que pica.

Antes de la cena se sirve un aperitivo; después hay baile. Pero baile como debe ser, boleros, valses, tangos, incluso algún pasodoble para que puedan salir a la pista las personas que no saben bailar (en los pasodobles, basta con ir andando con cierto ritmo; sólo los exquisitos incluyen pasos de fantasía). El colmo del frenesí musical no pasa de la samba, el merengue y, por supuesto, el bayón de *Ana,* que a todos les trae nostalgias juveniles. Rigurosamente prohibido el rock and roll.

Los maridos cumplen esforzadamente el compromiso de bailar con sus esposas, algunos se permiten el cambio de pareja con las de sus amigos, pero la mayoría, ya cercanos a la estúpidamente llamada tercera edad (o de lleno en ella), alivian lo más posible el trámite musical y se van al bar, para hacer tertulia. También bastantes damas, a quienes el tonelaje hace fatigoso ejercer como danzarinas, se reúnen en la salita de juegos para darle al bridge, como todos los días.

Esta tertulia, la última del año viene a ser, sirve para recapitular los hechos más destacados de los doce meses precedentes, criticar según costumbre al gobierno, y más todavía a Ruiz-Gallardón, y trasladarse las más recientes novedades del mundo social. Al final llegarán los abrazos, los deseos de felicidad en el nuevo milenio, ahí es nada, cambiamos de siglo, quién nos lo iba a decir, sobre todo a mí, después de aquella peritonitis que casi se me lleva en el 84. Para entonces (para el final de la tertulia, no para el 84), la euforia es colectiva, como colectivo ha sido el consumo de champán, durante la cena y de whisky, ahora (Novadaya, no es necesario aclararlo, bebe dry-martini. En esta ocasión, tres, dada la solemnidad).

—Porque un día es un día y bastante se contiene uno el resto del año.

—Además, el whisky es vasodilatador, algo que nadie explica en qué consiste, pero que resulta que es sanísimo.

—Y ahora han descubierto que la cerveza va muy bien para el colesterol y para las enfermedades cardíacas.

—Eso debe de ser propaganda pagada por el señor Mahou...

Reunidos en círculo, fuman sus habanos. El conde de las Seis Torres, que ha salido para ver en la televisión el último telediario, regresa con una noticia inaudita.

—¿Se acuerdan de Cañizares?

—Claro que sí; ese ricachón tan hortera, que admitimos como socio contra el parecer de la mayoría, por no sé qué extrañas presiones.

—Debe de tener un dineral. Aunque sólo Dios sabe la procedencia de sus millones. Negocios inconfesables, imagino.

—Sin duda —dice Seis Torres—, porque agárrense: acaban de informar en la tele que le han encontrado en el portal de su casa, asesinado de dos tiros en la cabeza. Se supone que se trata de un ajuste de cuentas; el primer sospechoso es precisamente un socio suyo, que ha desaparecido.

—¡Qué barbaridad!

—No hemos comentado todavía el divorcio de Trinchante, el campeón de golf. ¿Les ha sorprendido?

—Hasta cierto punto. Es un fenómeno de la bolita; pero también un pelmazo, un tonto y un antipático. Ella, en cambio, tan discreta, tan sencilla. Y tan guapa.

—Pues ha sido ella la que ha pedido la separación. Viene hoy en todas las revistas del corazón; no es que yo las lea, pero las compra mi mujer y, a veces, les doy una ojeada. Después de presentada la demanda, el marido, ¿cómo le llaman?...

—Pepelú.

—Eso es. El marido llegó a un acuerdo con Juanita y, por consiguiente, la disolución conyugal ha sido inmediata. Encima, ella se queda con parte de las ganancias del campeón.

—Lo que les decía: gilipollas.

—Además, para mayor inri, ya anuncia que se casará con Alberto Marín, un abogado muy conocido. Viene en todos los semanarios...

—Entonces es que no han vendido la exclusiva de la noticia. —El subconsciente traiciona a Novadaya.

—¿Y lo de Rafael de la Peña? El marido de Susana Velayos, que fue socio de aquí. Ése no se ha divorciado, pero se exhibe por todas partes con su querida, una tal Kika, y ha estado con ella en una de las fiestas que da Rainiero para allegar fondos, y salen retratados en toda la prensa.

—Ya que habla usted de queridas; la que lo fue de Paco Vendaña, que en paz descanse, recordarán que murió hace unos tres meses, se ha vestido de luto y sólo sale de casa para ir a misa de diez, a la Concepción.

—Un buen detalle.

—Pero es que la viuda, la conocen, ¿no?, Laura Esquivel de soltera, no se pierde fiesta de sociedad, coquetea con quien se le pone delante y está la mar de joven, porque se ha estirado la cara.

—Curioso.

—Quien está destrozado es Anselmo Boecillas, el agente de Bolsa. Como saben, su mujer le dejó de mala manera; y por si algo le faltara, un hijo le ha salido drogadicto y lo tiene internado en un centro de rehabilitación.

—Lo de la droga es una tragedia. Y lo más indignante: que muchos canallas se hacen ricos gracias a ella.

—Dicen que Carballeira, el naviero de El Ferrol, se dedica al narcotráfico.

—No me extrañaría; las fortunas tan rápidas siempre huelen a chamusquina.

—Por si algo faltara, a los llamados «capos» casi nunca les pasa nada. Tienen sobornado a medio mundo.

—Cierto. Hombre, por lo menos a los banqueros tramposos los meten en la cárcel. Ahora mismo, a Navarro Pidal le pide el juez una fianza de mil millones de pesetas por la libertad provisional. Al parecer, tiene muchos más depositados en Suiza: los que consiguió defraudando a los accionistas. Presuntamente, hay que decir.

Tras una pausa, el conde de las Seis Torres comenta:

—Le hemos dado un buen repaso a los ecos de sociedad...

Novadaya le corrige:

—Perdona, Federico. Di mejor *de suciedad.* Ecos de suciedad...

Navacerrada, verano de 1999

ÍNDICE